U0003538

# 此刻不愛的人，都有罪

지금 사랑하지 않는 자,
모두 유죄

盧熙京 著
노희경

尹嘉玄 譯

# 序言

這十年來，只要一有機會我就寫作，有些是純粹為了不忘散文而寫，有些是為了讓自己更牢記某些事情，有些則是為了表達感謝，寫著寫著，不知不覺間，竟已累積到一本書的份量。自從有了要集結出版的計畫以後，我重新細讀過去的文章，發現有多篇不知所云、毫無深度可言。我原本猶豫是否該刪除，最後仍選擇保留，反正過一段時間再回頭看現在寫的文章，一定也會像現在看從前寫的文章一樣，感到害羞彆扭。年齡增長有個好處，說得直白一點就是臉皮變厚，知道凡事只要稍作包裝，任何成就或過錯都會隨時間變得沒什麼大不了。

我總是攀附在導演的背上、倚靠著演員的肩膀、緊抓著劇組人員的手腳，一步步向前邁進，然後在寫著猶如獨白戲的散文、重新彙整文章的過程中，再度對他們付出的辛勞湧現感謝之情。我這一生真是靠好多人而活，假如我當初打定主意以寫散文維生的話，根本活不下去。

我要將此書獻給我的侄兒們——奉修、始明、慶熙、小乙、始珍還有潤雅。衷心期盼你們看著這個不甚完美、自私、像孩子般幼稚、沒什麼同理心的姑姑，能學到優點，不要學到缺點。

盧熙京

## 第一部
## 對已逝愛情之懺悔

## 第二部
## 十分暖心的一段話

## 第三部
## 再愛久一點

## 第四部
## 人生不會重來

# 第一部

# 對已逝愛情之懺悔

如今才向你坦白，其實我早在二十歲時，就已經收回了對你付出的感情。但我為何隻字未提？因為當時的我認為，變心是莫大的罪過，而這愚蠢的想法還維持了很長一段時間，所以才會那麼折磨你，甚至更折磨我自己。

# 此刻不愛的人，都有罪

曾經有段時期，我為強烈的自我保護本能所苦，

談戀愛時更是如此。

我一邊愛著對方，也一邊創造能全身而退的空間，

從不說「愛你至死不渝」、「永遠愛你」、「想你到幾近瘋狂」諸

如此類的話。

對我而言，愛情猶如未添加任何防腐劑、容易變質的麵包；

猶如季節更迭必定會褪去色彩；
猶如年邁老人的一天枯燥乏味。

那些無法負責任的話就別說出口吧！
免得要為自己說過的話負責，扣上無形的枷鎖。
不如就輕鬆一點吧。

嘴上說著「當然有想你啊」、「我現在很愛你」，
但仍時刻提醒彼此：「有一天很可能不再如此。」
這樣分手時才不會哭哭啼啼，可以瀟灑地說再見。

我以為這樣才是對的，
也真心相信這樣做才不會傷到彼此。
然而，有一天，我腦海中驀然閃過一個念頭——

我這樣活著真的幸福嗎？

我不幸福。
因為沒有愛得死去活來，只把愛控制在能讓自己活著的程度；
因為不相信永遠，總是當機立斷畫下句點；
因為不曾瘋狂思念過某個人，便也沒有人想我想到癡狂。

因此，我不幸福。

面對愛，若自己不先付出一切，就不會得到任何回饋，
好比水杯，不先把水倒掉，就無法填滿。

我認識一名女子，

她在每一段戀情中都用盡生命去愛。
起初，她將自己的時間統統交給對方，
接著，又將自己的笑容、未來、身體、精神也交給對方。
在我看來這有些魯莽、欠缺考慮，
也不免擔心她這樣為對方付出一切，往後要如何撐下去。
然而，儘管她將自己全部交給對方，卻不曾倒下，
今日仍帶著燦爛的笑容談戀愛，
比我過得還充實。

然後，她對我說：
「丟掉自己，他反而來找我。」
她摒棄自己，換得了愛情，
而我卻是守護自己，換得了徒增的年齡。

換言之，不愛的人，都有罪。

畢竟等於遺棄了一名原本可以被自己呵護疼愛的對象，
自然毫無辯駁的餘地。

這個冬季，我打算帶著贖罪的心情，
將自己鎖在猶如監獄的房間裡，
寫下一篇篇宛如反省書的文章。

即使你三十年來從未談過戀愛，
苦心經營三百天的戀情宣布告吹，
沒關係。
因為重新感受愛的悸動，只在一瞬之間。

——《沒關係，是愛情啊！》

# 謝謝你拋棄我
## ——二十年後，獻給初戀的信

獻給可能因我的純情而受傷的初戀。

如今，我終於能放下對你的無盡埋怨，鼓起勇氣懺悔，並對你說實在很抱歉。為何我需要這麼長的時間才有辦法說出這句「抱歉」呢？難道是因為根深蒂固的自滿作祟？不，是因為太顧影自憐。隨著年齡增長，不只皺紋增加，還會經歷一些人生必經的過程，以及承擔和其他人大同小異的傷痛，如麻疹一樣不可避免；然而，當時的我並不明白這道理，畢竟我和你之間的相處和一般情侶不太一樣，也沒意識到自己是在無病呻吟，所以對你大聲咆哮、惡言相向。當時的你實在冷漠無情，直到現在我才領悟，原來自從我對你心生埋怨的那一刻起，我們的關係也在向終點走去。

謝謝你，拋棄了我。

此刻，我寫著這封信，突然感到害怕。我總是用「你很了不起喔？」「你是在看不起我喔！」這種直言不諱的方式，傷害不如我用心、不如我心急、不如我殷切的你，然後再口是心非地說：「真是謝謝你啊。」那段宛如紊亂打結的毛線般，對你糾纏不清、緊迫逼人的時期，拜託你先暫時不要憶起，不過也別就此停止閱讀、急著闔上這封信，因為歲月會變，人也會。我已經變了，如今連糾纏的力氣都沒有，所以你只要照字面上來閱讀、理解就好，不要做過多的詮釋。謝謝你，拋棄了我，真的。

和你分手至今，已經超過二十年。

這二十年的歲月裡，我明確體認到一件事——「真實」或「事實」這樣的字眼，不能拿來輕易使用，因為所有記憶都很可能由於個人偏見而產生偏差。接下來要說的關於我們兩人之間的事，說不定只是我個人的片面記憶，與你無關。假如我的敘述與你的本意不同，也請你一笑置之，只要看作「原來這人曾經這樣認為」就好了。

在你拋棄我的二十歲那年冬天，我已將你認定為叛徒。當時我們每天通電話，每兩天見一次面，儘管只是觸碰到外露的肌膚而非被衣服遮住的私密肌膚，仍會感受到一股電流直竄髮梢。然而，你卻突然中止了一切，不接電話、不回信，見面時很顯然對我愛理不理。請問我做錯了什麼？我寫的劇本裡，主角都會鼓起勇氣質問對方，而我卻不敢開口問你，因為我沒有勇氣檢視自己的過錯，是我太傻，明明就有把愛人變成仇人的那股傲氣。

和往年的冬季一樣，那是個夜色深黯的冬天，我出門去找已經好幾天、好幾個星期音訊全無的你。我腳踩拖鞋，身上只穿了一件單薄的運動服。二十年來，我一直用「焦急」、「悲切」來包裝當時的打扮和採取的行動，但如今我承認，其實我只是想在你心中留下傷痛。

就是要讓你看看，我如此純情，你卻狠心甩了我，既然如此，那我只好把自己搞得狼狽落魄、悲慘可憐；本該一直留在我身邊的你，毅然決然選擇成為我的人生過客，那我只好讓你記清楚這個曾經被你傷害過的弱女子。外頭還下著雪，我站在你家門前一整夜，冷得直打哆嗦。你從二樓窗戶目不轉睛地俯看我，隨後拉上了窗簾。幾個月後，我接到你打來的電話。

「我上大學了，一直想告訴妳這件事。」

嘟——

你聲若蚊蠅，夾帶著對我的愧疚；反之，我的嗓音是多麼理直氣壯。

「很好啊！」

真好笑。我也不過是愛得比你久一點而已，有什麼了不起。爾後，我的行為更是可笑至極。和你分手後，我和A、B交往了一段時間，但是在七、八年後與你重逢時，似乎還曾對你說：「有時我還是會想起你。」當時你用十分自責的眼神望著我，大概在心想：「為何妳如此純情，我卻是這副德性？我對現在的交往對象一定又會失去熱情。」

我感到開心不已，因為你和我分手後還一直搖擺不定，而我在你眼裡是一如既往的純情。

然後再隔五、六年，我又再次遇見你，你依舊搖擺不定，依舊對我感到抱歉，也依舊處於和某人失去熱情的狀態。當時我對你說：「現在我們是朋友了。」並說著自己是如何克服這一切、階段式地把對你的感情昇華成友情，還得意洋洋地勸你：「為什麼要這樣生活？不能用別的方式過日子嗎？」不知道你是否還記得？後來又過了五、六年，來到了現在。

對不起。

如今才向你坦白，其實我早在二十歲時，就已經收回了對你付出的感情。但我為何隻字未提？因為當時的我認為，變心是莫大的罪過，而這愚蠢的想法還維持了很長一段時間，所以才會那麼折磨你，甚至更折磨我自己。和你分手後，我即便與別人交往，也依舊只付出當初給你的那種程度的感情，說著滿口幼稚的臺詞。

「我心裡可沒有你的位子。」

可惡，那為何還要和其他人一起去旅行、交換悸動的眼神，甚至還有電流亂竄、渾身酥麻的感覺？當時的我，就是這樣的女孩。

你啊，從現在起，可以放下對我的愧疚了。愛情裡沒有背叛，因為愛情不是一場交易，兩人當中有一人變心，自然就該結束這段關係，毋須感到虧欠。假如對於自己在這段感情中未能定心而感到懊悔，那麼，只要在下一段感情中努力定心即可。丟掉那份罪惡感吧！總不能一直把已經不再感到臉紅心跳、小鹿亂撞的愛人繼續強留在身邊，這是連四十歲的中年人都辦不到的事情，更何況是乳臭未乾的二十歲年輕人，既難為也不可為。錯不在你，也許我們都只是五十步笑百步而已，就算有一方多愛對方久一點，也頂多就是一、兩個季節；就算有一方比較早變心，放在一輩子的時間軸裡也不過就是剎那。一切都只是過程，因此，都無所謂。

如今，我等待著再度與你巧遇的日子。

我殷切盼望，屆時可以面帶笑容，而非傷心難過地與你閒聊過去那些用「純情」美化的緊迫逼人行為。假如不再有機會相見，也願你好好生活。不必擔心我，我很幸福。

# 發生在二十多歲時，如恩典般的往事

我在年過三十五歲才終於發現，「青春是美麗的」這句話根本是天大的謊言。說這句話的人應該是二十多歲就有溫暖又激情的完美情人，家境富裕，做的每件事都一帆風順、得心應手，屬於特例中的特例；不然就是成天只會緬懷過往，青春時期說自己討厭青春、到了中年又說討厭中年、邁入老年也說討厭老年的那種人；抑或是愚昧之人，一心期待著不可能盼到的未來。我敢這樣斷言，自然是對照了我本人的青春歲月。

十多歲的我，成天只想尋死、認為自己是垃圾、想抽菸、想讓自己墮落沉淪，然後快點逃離學校。有時候，我會羨慕那些忠於學業、成績優異的好學生，以及擁有燦爛笑容的同學。最近，我常常動不動就對同住一個屋簷下的侄兒們說：「你們到底有什麼不滿？每天都垮著臉、噘著嘴？」雖然小傢伙們聽了心裡很不是滋味，但這句話我可是從小一路聽父母講到大的。

直到二十多歲時才稍微好一些。因為，首先我可以自由抽菸，還可以談戀愛，可以任性蹺課，可以隨心所欲地墮落，儘管如此，我依然覺得人生索然無味。戀人動不動就不愛我了，離我而去；朋友也嘲笑我沒用；就連專攻的詩學，多半也被指導教授批得一文不值。

眼看馬上就要被丟進社會裡了，我擔心自己要是像爸爸一樣無能該如何是好，整天被這樣的恐懼感鬼壓床，夢見自己在泥濘裡掙扎卻叫不出聲，夢到自己咬緊牙根，卻因為上下排牙齒咬合不正而導致下巴粉碎，疼痛不已；還夢見戰爭爆發，不僅失去所有家人，還獨自一人哭著走在兒時孤單徘徊的街道……全是噩夢。

畢業後，我進入一間只願意提供微薄薪水的公司，依舊鬱鬱寡歡，不滿意主管、不滿意同事、要不就是希望公司倒閉。後來，我母親還被醫生診斷出胃癌末期。那時我年僅二十五歲，母親也才五十五歲。

也許就是從那時——母親即將離世之際，我開始逐漸改變。我不和朋友見面、減少加班，從母親病發，到與病魔搏鬥，再到臨終，我大部分時間都陪在母親身邊。當時可能也是我第一次問了自己一個比較像樣的問題：

「以後的日子，我打算怎麼過？」

世上唯一一個相信我的人即將離世，而我還只能活得像我批評謾罵過的父親一樣，有時對母親比對父親更殘忍，這樣的我以後打算怎麼過日子？要繼續像現在這樣過生活嗎？還是，至少活得讓母親滿意一回？

我流了好多眼淚，也是在那時領悟到，只要我願意，也許任何事都做得到。母親總是對我耳提面命的肺腑之言，直到那時才真正觸動我的心。

「我有什麼辦不到的？真要做，一定都能做到。」

「至少先試過再說，別都不去嘗試，也別光用嘴巴說。」

母親過世後，我離開了那間公司，花了一年半左右不算長的時間成為電視劇編劇。母親的臨終成了強烈的衝擊療法，認識我的人紛紛表示，母親的臨終是一份恩典，為我徬徨的青春畫下休止符。不過也有人認為，為了讓孩子一夕長大、變得成熟懂事，這樣的代價實在太大了。雖然我很想叫他們別說這種話，但他們說的確實是事實。

最近，我經常對青春學子們說：

「你永遠不會知道自己有多少可能性。」

因為我知道，許多年輕人會像我年輕時那樣，視自己為泛泛之輩，認為自己一無是處。不過，我也想要提醒年輕人：先做再說固然重要，但有些事即使做了也不見得會成功，這就是人生。

人生不會因為某件事情挫敗就跌入谷底，雖然我每次都很努力想要寫出不錯的作品，也想要得到不錯的評價，但大部分的期待都會落空。在我看來，儘管沒有達到百分百，只要達到百分之七十就很不錯了，畢竟還是能餬口飯吃，而且在那些當下也自認盡了全力。就算被認為是在合理化自己的行為又何妨？總比虐待自己來得好，不是嗎？

我也
想要
上了
年紀，
等上了年紀之後，就會像姊姊一樣乾脆嗎？

你會明白，此時，此刻，
這趟人生，再也不會重來。

——《再見獨奏》

# 父母也會成為子女的遺憾

母親過世前，我從未想過她會成為我的遺憾，然而，在過去那段歲月裡，我相信自己絕對是她的遺憾。

我的母親是非常單純的人，有時甚至單純過了頭，不認識她的人見到她，說不定還會覺得有點少根筋。她年輕時總是控制不了脾氣，管教小孩有如追捕老鼠般，十分嚴厲，但是自從邁入五十歲後，突然成了白髮蒼蒼、滿布皺紋的老人，不再表現出喜惡，是一個凡事都說好的老太太。

面對母親這樣的變化，我們幾個孩子意見紛紛，但結論一致導向應該是因為她的人生大半輩子活得太辛苦，早已疲憊不堪、心力交瘁。五十歲後，她變得提不起勁、打不起精神，任誰口出惡言，她都不再生氣動怒，就算有人暈倒在一旁也無動於衷，漠不關心。到了五十五歲左右，突然罹患癌症，她也沒特別喊疼。在那短短一年半與病魔對抗的期間，當子女疲於奔波照顧之際，她陷入三天昏迷，最後選在一個好日子，輕輕闔上了眼。

我至今仍記得她臨終時的樣子。

她沒有面露安詳笑容，也沒有痛苦糾結，就只是非常平靜地離開了人間。如今，她去到另一個世界已經五年，我們的離別不美，也不悲。處理母親的後事時，我只有一個念頭：希望所有儀式趕快結束，我要好好睡一覺，睡個過癮。

我愛母親，至今依舊深愛著她。

「不要去愛往生者，否則她會因為傷心難過而跨不過這一世的檻。」

一名僧人知道我每天掛念母親，給了我這樣的忠告。我聽聞之後深感認同。

「是啊，媽，別去了，您就別去極樂世界吧。哪怕只是魂魄留在人間也好，陪我一起吃吃喝喝，繼續和我一起玩樂吧！」

有些人可能會覺得我自相矛盾，母親過世當天竟然只想著睡覺，卻口口聲聲說自己多愛母親，然後又叫她別去極樂世界，這是在胡說八道什麼？是啊，我知道這一切聽起來很不像話，但我的確這麼想。

我有個壞習慣，明明沒喝酒，卻老是重複說同樣的話。自從母親過世之後，這個壞習慣愈發嚴重，我的好友都已經聽我說過數十次的事情，現在我又打算再說一次。

那是發生在母親過世前約莫十天左右的事情，那天正值星期六，我提早下班，與母親、父親以及如今已成為我們家養女的孤兒——小香，一起去城南文化會館（城南藝術中心）看孔玉振女士的公演，那是母親生前觀賞的第一場公演（這是真話，當然，她的確有看過小鎮上的藥販子表演，但要支付整整一萬韓元才能觀賞的公演則是頭一次），那也是我這輩子與她第一次、也是最後一次一起觀賞表演。

我們看得非常開心，奢侈地搭了計程車，也奢侈地每人各捐一萬韓元給公演途中向觀眾進行募款的義工，最後還奢侈地放聲大笑，笑到幾乎整個人要翻過去。

那時我只是面帶笑容，但母親觀賞公演的模樣非常有趣，她就像個孩子般睜大眼睛，在全場哄堂大笑的笑點上，她反而紅著眼眶賣力鼓掌，那掌聲實在太響亮。當時，我很自豪，也自認難得做了一件孝順的事情。

我們看完公演，買了一座要價五千韓元的孔玉振木雕，便前往日式料理餐廳用餐，那是我第一次請他們吃飯。對了，去餐廳前，也許是我太盛情，父親還堅持在家裡吃就好，嚷嚷何必一定要在外面花錢吃飯；反倒是母親毫不猶豫地一口答應，好奇小女兒究竟要請她吃什麼山珍海味。

單純又沒心眼的母親。

其實那時我的口袋已經快要見底，沒什麼錢了，但是說出口的話覆水難收，我自信地推開餐廳大門走進去，入座點餐，最後端上來的只有魚卵湯和握壽司，僅此而已。餐點上齊之後，我看著空虛無比的餐桌，尷尬地連忙拿起湯匙，請大家趕快開動，父親、我、小香都已經開始用餐，母親卻遲遲沒有開動。我擔心是不是食物不合她的胃口，心想要不要加點其他餐點給她吃，但是礙於眼前這桌菜實在太寒酸，令我羞於直視母親的臉，只能不停地暗自猜想。最終，我鼓起勇氣看了母親一眼，才發現她的眼眶已經積滿淚水，她開心到喜極而泣。

「沒想到我有一天也能得到這樣的愛。」

儘管是如此平價的孝道，我母親依舊深受感動，她就是這樣的人。我到現在還忘不了那天，可見自己多麼疏於了解她。

很奇妙。

母親在世時，

她就只是我的母親，沒有更多意義了，

但在她過世之後，

我反而認為她是我人生的全部。

不過，即便她不在了，

這世界依然照常運轉，所以著實奇妙。

電視劇《世上最美麗的離別》是一部虛構作品，我的父親不是醫生，我也不像妍秀一樣是溫順乖巧的女兒，但在寫這部劇本時，我忍不住哭了好幾回，因為劇中的金仁熙就和我母親沒兩樣。我邊寫邊覺得自己就是令她頭痛的遺憾，並發覺她對我來說，竟也成了未盡之愛的遺憾。

我真摯地期望，
假如來世能與她重逢，
再次成為她的小女兒，
我將別無所求。

她會知道我曾經非常愛她，愛她如命嗎？雖然辦喪事的時候我只想要睡覺，但至今為止的無數個日子裡，我時常因她而哭泣流淚，她會曉得嗎？

拜託別知道。
拜託別曉得。

# 疼痛的記憶愈多愈好

我出生在慶尚南道咸陽郡山谷下的一戶貧苦人家，七名子女當中我排行老六。我的出生並不是一件值得慶祝的事情，純粹只是因為懷上了就生下來而已，是一場毫無期待和喜悅的出生。光是既有的子女都已經難以溫飽三餐了，家裡竟然又多了一個孩子。

雖然不曉得實際情況如何，但我猜母親生下我以後，必定是整日以淚洗面，畢竟喝奶的錢比米糊還貴。

因此，聽說我一出生便被包在襁褓中，放到了炕梢上。當時奶奶將哭哭啼啼的母親一把推開，對母親說：「讓這丫頭在沒有炕火的炕梢躺個三、四天，她就活不下去了，這樣可以減輕家裡的負擔。」然後警告家中所有人，誰要是敢照顧這孩子就會被她狠狠修理。

於是我躺在冰冷的炕梢度過了大半個月的寒冬，最終竟然活了下來，這並非奇蹟，而是大姊受母親託付，趁奶奶出門下田工作時，將生米咬碎，塞入我的口中餵食。

而我受的苦難還不只如此，爾後，每逢家裡經濟陷入困境，我就會被視同累贅。如果我記得沒錯，四歲左右的時候，母親曾將我遺棄在孝昌洞的住宅區，當然，善良心軟的母親沒走多遠便折返，把我拖回家。但是當天回家以後，母親不停拍打我嬌小的背部，邊打邊罵，當時她罵我的那些話，至今還言猶在耳。

「媽媽都要把妳扔掉了，妳怎麼連哭都不會！」

爾後，我就像是要對那些一直想遺棄我的家人展開報復似的，不斷惹事生非，讓他們頭痛不已。國小四年級時，我學會抽菸（當然，後來因為被逮個正著，所以無法再接觸香菸）；上了高中以後，不勝酒力的我喝酒喝到住院，動不動就闖禍，害得母親經常被老師請去學校；大學時則是不斷被當掉重修，逃家的次數更是多不勝數……

光是我記憶中的荒唐事蹟就這麼多了，更別說那些被我遺忘的年少輕狂，一定不計其數。正因此，從小到大，我三天兩頭就被人說是「天底下最沒用的丫頭」。不只家人，就連朋友也視我如被遺棄在水邊無人看管的野孩子，這就是為什麼在我初入社會後領到第一份薪水的那天，朋友會激動地抓著我的手，哭著說：「妳終於長大了！」

不過，也因為有那段經歷，反而給了我很好的寫作靈感。雖然曾經有段時期，我懷疑過自己的成長經歷，但現在不會了。倘若我不曾體會貧窮，又豈會明白人生的艱苦；倘若我從小就是個模範生，又豈會明白落後者的鬱悶與憤慨，以及失敗後要如何存活下去。

在我看來，編劇有愈多疼痛的記憶愈好，不，即使不是編劇，每個人也都需要一些疼痛的記憶。因為唯有自己痛過，才能體會別人的痛楚；自己失敗過，才知道如何安慰失敗者的心靈。

然而，即便是抱持這種想法的我，也不表示就沒有任何後悔——

要是母親在世時，讓她親眼看看我工作的樣子該有多好。此時此刻正在徬徨的人們，各位的徬徨絕對是正確的，然而，我真心奉勸各位，倘若母親還在世，先暫停徬徨吧。儘管疼痛的記憶是滋養人生的養分，仍有個前提是絕對不能對父母不孝。

當年為了找尋離家出走的我，衣衫襤褸、站在大學正門口的母親身影，至今仍在我眼前時隱時現。我納悶，不論當時還是日後，我為何一直都沒能對她親口說一句抱歉。

由衷期盼各位不會擁有這樣的記憶。

這篇文章發出去後，事隔許久，我從大姊那裡得知了一項驚人的事實，原來關於我出生時的事情全是假的，而我是根據母親的講述所寫，所以表示母親當時對我說的都是謊言囉？我的心不禁一沉。

大姊是這麼說的。

母親當年並不想要再有小孩，如果是女兒就更不想要。畢竟家境貧苦，丈夫回家只是為了增產報國，對於家庭生計全然不顧，都已經有五個孩子了，竟然又懷上第六胎，而且還是個可想而知一定會和母親自己一樣苦命的女娃兒。

據說母親生下我以後，在凜冽刺骨的寒風中坐了好長一段時間，才把我放到炕梢上。和母親只差十七歲的大姊，以及和母親僅差二十一歲的大哥，都異口同聲表示對於當時那樣對待我的母親心生畏懼，怎麼會忍心把親生骨肉放在炕梢上活活凍死？奶奶當時也對於母親此舉感到不解，甚至破口大罵。

後來，大姊在奶奶的吩咐下，將生米咬碎偷偷餵食我，然後奶奶看著苟延殘喘的我，語重心長地勸母親：「妳把孩子放在那裡要死不活的，不如就好好養她吧。」

大姊到底為何、又為什麼要告訴我這個徹底置換加害者，被我知道了實情也沒有任何好處的恐怖故事？假如我一直被蒙在鼓裡，對於這樣的事實渾然不知，可能對母親還會保有一段美好回憶，以為在很久很久以前，自己曾被母親深深疼愛過。

聽聞大姊講述真相的那天，我整個人躲進被窩裡，思緒混亂。然而，最終我做出了這樣的結論。

當時母親正值花樣年華，三十一歲而已，卻已經育有六名子女，丈夫則是個連外人都不如的男人，可想而知她一定很辛苦。小孩對她來說不僅是負擔，更是怨嘆，她腦海裡肯定浮現過千萬遍要是沒小孩的話該有多好的念頭。明明是我剛出生時的事情，我根本不可能有印象，她大可不必往事重提，卻仍選擇告訴我，還特地用謊言重新包裝，表示背後是帶有罪惡感的，對我深感抱歉。不過，在後來的日子裡，她對我真的疼愛有加，這樣便足矣。

釐清思緒以後，我準備睡去，心想自己也真是長大成熟了，這世上哪有那麼多無法理解的事情，就只是不了解對方的心思罷了。我也可以理解大姊的意圖，她其實是想表達「是我救了妳」。是啊，是大姊救了我這條小命，二姊、大哥、二哥、三姊也都曾救過我，真是手足情深，只是可憐了我母親。

媽，
妳覺得
世界上
最辛苦的事情
是什麼？

眼看子女辛苦，
自己卻什麼忙也幫不上。

——《比花還美》

# 《謊言》始終令我難以忘懷

我真能忘記《謊言》這部劇嗎？

記憶中，我有過一段戀愛，是在彼此都不願分手的情況下結束的。

當時我痛苦萬分，長時間徘徊在他的學校門口、家門前。有時會從朋友口中得知，原來他也和我一樣，經常徘徊在我的周遭，可是我們不能再相見。

電視劇《謊言》播出最後一集的那天，我心痛不已，就像那段因為緣分已盡而非彼此厭惡所以結束的戀情一樣，以同樣的心情迎接《謊言》的終映。

好比戀愛時自信滿滿，戀情結束後才意識到自己有諸多不足一樣，隨著自行發現作品裡有許多疏忽之處後，我便對《謊言》念念不忘，就像以前徘徊在前任的學校和家門口那般，不斷上網閱讀關於這部劇的媒體報導；也像百看不厭的戀人，不停反覆觀看用一千韓元空白錄影帶錄下來的每個片段，直到某個瞬間，突然將它關上，我們的緣分已了，我知道，我們不會再相見。

三十三歲的年紀，沒有先生、沒有小孩，也沒有在談戀愛的我，寫劇本成了生活的全部。十個月期間，《謊言》就像我身體的一部分，我愛它，彷彿在和它談戀愛。寫作期間，我從未有過任何抱怨，也從未感到辛苦，因為我相信，愛情需要謙虛，要帶著一顆愛對方的心去感謝。

《謊言》是我至今執筆過的電視劇中收視率最低的一部，但我為何如此深愛它呢？

為了找尋答案，要先回溯到之前那段過程。

製作《謊言》這部電視劇的人都很優秀，導演用富含深度的眼光理解這部作品，不理解時也沒有動怒，反而反覆思考。導演當時並不把這當成一份工作，而是在愛著《謊言》，我完全可以感受到。

選角時，我們請裴宗玉飾演星雨，她讀完劇本大綱後表示，希望自己可以像電視劇最後的星雨一樣相信世間存在真愛，而我也是後來才聽說，原來她當時為了把星雨這個角色放進心裡，哭了一遍又一遍。

另外，我也想起自己向柳好貞解釋恩秀這個角色時，她那雙水汪汪的大眼眨呀眨，真的就像恩秀一樣天真浪漫地喜歡這部劇，並表示這部劇暫時會是她的最後一部作品。

飾演俊熙的李誠宰只有表示自己好累，但他不是在抱怨，而是因為理解俊熙的生活以及愛人的方式，所以感到吃力。畢竟用心總是比用腦來得辛苦，對吧？

如今，我真的想要忘掉《謊言》了，就如同揮別前任，靠近下一任時心裡不能還有著前任一樣，下一部電視劇也要先忘掉《謊言》才寫得出來。

年輕時，我以為真愛只會有一次，後來發現並非如此，我現在要忘掉《謊言》，重新愛上其他部劇。人們總是喜歡問我：「下一部想寫什麼題材？」而我總是回答：「還不曉得。」但我相信，用生命去愛初戀的人，一定會再用生命去愛下一任，所以我也會賭上性命去愛下一部作品。

不過……

我真的能完全忘掉《謊言》嗎？

# 瘋狂地、拚死拚活、不留遺憾、沒有留戀

執筆《謊言》時，我三十二歲，劇中的星雨比我大一歲。我在二十九歲那年正式成為編劇以後，因為找不到工作而當了一年米蟲。後來，我在一年半內陸續寫出單元劇《世莉和秀芝》、四集劇《世上最美麗的離別》、單元劇《仍然相愛的時間》，以及長達四十四集的水木連續劇《活著的理由》，真的是馬不停蹄、筆不離手地瘋狂寫劇本。

如今回想那段時期會發現，當時的我有著錯綜複雜的心情，一是執著，純粹認為不能錯過費盡千辛萬苦才獲得的機會；二是企圖，想

要以編劇身分出人頭地，但也進而感到害怕、焦慮、不安；三是欠債感，因為已經先領到酬勞了，不論如何都要產出劇本。當這些種種情感交疊堆積，比起專注寫作，反而更像一場噩夢讓我吃足了苦頭。

於是，我開始覺得就連吃飯時間都好浪費，所以買了足以堆滿整個房間的病人專用罐頭粥，不論是凌晨三點還是四點結束工作，都會被難以控制的怪異心情所籠罩，經常停不了筆。不僅如此，我開始去打根本無法樂在其中的撞球，還不停騷擾朋友，一起玩不分勝負的卡牌遊戲。上一次的好眠是什麼時候早已想不起來，因為大部分都是在寫作過程中像昏厥的人一樣突然斷電，頂多瞇個兩、三個小時，就會像被鬼壓床似的從睡夢中驚醒，然後再用罐頭粥果腹，整天坐在電腦前。不僅沒有任何和家人一起放鬆遊玩的記憶，更沒有主動關心朋友的記憶，所以我不禁心想，當時我的周圍是否有「快樂」存在？

某天，我的腦海突然閃過一個念頭：「我究竟為何而寫？此時此刻，被文字追趕、火燒屁股的我，幸福嗎？明明當初不是為了過這樣的生活而成為編劇的啊！我有在寫自己真正想寫的劇本嗎？」

我至今還記憶猶新，當時體重只有三十公斤出頭、骨瘦如柴的我，盧熙京，蹲坐在地下室房間一隅，帶著悵然若失的心情不斷重複問自己。那是一段生動又清晰的記憶，難以隱藏……

電視劇《謊言》的劇本正是在那之後想出來的，當時《活著的理由》只剩下一小部分需要修改，且已經播出到三十集左右。我沒有向導演報備自己接下來要寫什麼故事，不，應該是根本沒找導演討論我想寫什麼，也沒徵詢過電視臺能否寫這類型的故事，就自顧自地埋頭寫，不，應該說，是不得不寫。

對於已逝愛情的懺悔！不是對那個人，而是對自己的懺悔！為什麼我，不，為什麼那些和我相愛的人，都要用激烈的方式和我分手？不是好歹也要說聲「對不起」、「是我的錯」嗎？而且至少也該表示交往過程中曾有某一刻很感謝對方才對吧？寫劇本前，是不是應該要先寫下關於這些問題的明確答覆，才有辦法寫出新東西？除了這些叩問，後續接踵而至的內心疑問也都成了當初寫《謊言》的原始動力。

雖說劇本創作是為了面對廣大觀眾，但當時只有「我」和「他」，就連思考怎麼會這樣的餘裕都沒有，因為手部動作、文字呈現都比思考來得快，想要擺脫沉重問題的欲望徹底戰勝了我。

《謊言》是「猶如謊言般美麗愛情」的縮語，因為我從未談過一場美麗的戀愛，所以想要將那樣的故事融入作品中，讓作品活起來；純粹是基於這樣的理念而已。

有著溫和細膩情感的表民秀導演在閱讀完我寫的故事以後，以眼淚做了回應（我不知道他為何流淚）。他用導演的角度彌補了我的不足，要是沒有他的支持，《謊言》這部作品無法完成。不過，人們卻說，既然如此，這部作品就該美麗動人才對，結局反而令人痛心。

我們可以用疼痛來懺悔已逝的愛情嗎？假如此刻有人這樣問我，我的答案自然是否定的。然而，在那時，光是那樣的疼痛就足以帶給我安慰，「因為我很痛苦，所以已逝的所有愛情啊，都請原諒我吧！」像這樣用稚拙的方式來懺悔。

電視臺方面則是質疑這樣的故事是否真能拍成電視劇，積極勸阻我。同行的編劇們也紛紛表示這是一部自我滿足的作品，認為我是連寫自我滿足和電視劇劇本的分際都拿捏不清的菜鳥編劇，各式各樣的批評排山倒海而來。但當時我真的毫不在乎那些評論，因為那些話說的完全正確。

我想起自己曾經對表導演說過：「即使這部劇讓我再也得不到工作機會也無所謂，我就是要寫。」表導演聽完後不發一語地注視著我，過一會兒，他點點頭，握住了我的手。當時我們都還年輕，年輕到足以忽視生計問題，要是不趁那時，何時還有機會做出如此大膽又魯莽的嘗試……

不過，也許是我很幸運，《謊言》竟被排進了電視臺節目播出時段表，而我也在開播前兩個月完成了二十集劇本。當時正值《活著的理由》全劇終兩個月左右，我挨著餓寫，死命苦撐著寫……懷抱著就算是最後一部作品也要寫下去的決心，不眠不休、瘋狂地寫，有好幾次因為搞到身體不適而嚎啕大哭。如今的我是已經累到哭不出來，但當時還年輕，淚腺也特別發達，發達到每次只要和表導演見面，就會在咖啡廳裡哭得唏哩嘩啦，難怪會引來周遭人士的誤會，以為我們在交往。

我愛星雨、恩秀、俊熙，每次去劇本練習室，我都不用翻開劇本，就能背出所有內容，我也愛英熙、賢哲、東真、世美和章御，我對他們只有滿滿的愛。雖然收視率沒有很好，但是事隔十年後的現在，我成了曾經寫過《謊言》的盧熙京……這樣便足矣。

我因為《謊言》這部劇收穫非常多，找到了永遠的夥伴表民秀，也得到非常溫暖的同事齊民秀（當時的助導，也是《再見獨奏》的導演），以及摯友裴宗玉。從執筆到上映播出，那一年我收穫滿載，自然是心靈的富翁。因此，我想在此向所有人表示感謝。不過，對於已逝愛情的懺悔，對我來說依然是……未完待續的課題。

轟轟烈烈地愛過，再離開人世吧。

好好去愛，不留遺憾地愛，毫無保留地愛，就不會有後悔或留戀。

我正是如此深愛過《謊言》。

愛情對我而言，
是因為那個人而輾轉反側、
心跳加速、時常心痛。
雖然我也不清楚愛情究竟為何物，
但我仍認為，
愛情真實存在。

——《謊言》

# 第二部
# 十分暖心的一段話

「不管什麼東西，只要吃過就好，何必老是想著還要再吃？既然妳都吃過了，其餘的就讓給別人吃吧！」實在是很暖心的一段話。是啊，我吃過就好了，幹嘛老是想著自己獨吞呢，應該分一些給別人才對。這是平日沉默寡言的母親經常對我耳提面命的一段話。

# 垃圾食物「血李子」的味道

沒有什麼可以吃的東西，也沒有自尊。

國小低年級時，我是個衣衫襤褸、性格自卑的孩子。當時的我對吃很執著，都說吃東西時最忌諱看著別人碗裡的食物，但那是站在吃東西的人的立場來說，若站在只能看別人吃的立場，那已經是奢侈。當時最誘惑我的是一種叫做「血李子」的東西，那是將生硬的青綠色李子用電石微微催熟，再包裹上糖精和紅色食用色素製成的垃圾食物。

血李子上包裹的糖精所釋出的甜味非常好吃，一口咬下會直接碎裂，弄得整個嘴角都流下鮮紅色的汁液。當時電視劇《九尾狐》正夯，所以正好可以用來惡作劇，捉弄那些害怕九尾狐的朋友。但我總是吃不到那心心念念的血李子。在那個年紀，還有什麼事情比吃不到想吃的東西更痛苦？如果以青少年時期見不到愛人一、兩天的痛苦來相比，簡直就是無法比擬的程度。總之，我因為實在太想吃血李子，最終甚至動了偷竊的歪腦筋。

偷竊地點就鎖定在我時常光顧的雜貨店——智妍的家。我選在某個週日，從早晨到中午，坐在店門前，一邊在地上畫畫，一邊虎視眈眈準備伺機而動。然後我趁性格溫和的老闆娘暫時離開位子去上廁所之際，迅速偷拿了一顆血李子，再連忙跑進附近偏僻小巷，毫無罪惡感地大口咬碎那顆血李子。

也太好吃了吧！

我吃完後壓抑不住內心「再一顆就好」的欲望，再次徘徊在智妍的家門口，但是就在那時，老闆娘突然叫住了我，我嚇得連忙抬起頭，生怕東窗事發。沒想到，她竟然主動遞了一顆血李子給我，說：「這個給妳吃。」我當下喜出望外，開心到連謝謝都來不及說，收下後就直奔回家。

我將血李子放入口中，打算看看自己模仿九尾狐的模樣，站到了鏡子前，接著就發現我的嘴角、牙縫間，竟然都殘留著偷吃血李子的痕跡……

「原來阿姨早就知道我偷東西。」

面對從早晨到中午不斷徘徊在店家周圍的小小偷，老闆娘不僅沒有懲罰，還主動多送了一顆給我，我頓時內心難受，也厭惡自己為什麼要偷善心老闆娘的血李子。我看著鏡中的自己，邊哭邊吃著血李子。從此以後，我再也沒偷那間店鋪的東西了。

如今，那位老闆娘應該已經不在人世，我想要藉此機會對她說幾句話。

「阿姨，謝謝您給我垃圾食物，我在您的店裡買過、也偷過垃圾食物。我的整個成長過程實在很不良，但也因為成長得很不良，才能和許多不良的人相處在一起，比較能理解他們。真好，由衷地感謝您。」

# 我猜你會喜歡
## ——《巴格達咖啡館》（*Bagdad Cafe*）

一九九三年冬天，我搬出老家，在佛光洞一處老舊簡陋的多世代住宅區找了一間半地下房住，美其名是獨立套房，但是廚房、客廳、廁所統統擠在十坪大小的空間裡，以幾何學的方式分隔配置，而我唯一花錢買的東西，只有一台大學前輩慷慨解囊以十萬韓元出售的大型文書處理器，其他散落在室內各角落的五層收納櫃、螺鈿展示櫃、不鏽鋼衣架等，統統都是我和弟弟從路邊撿拾人家丟棄的搬家物品。

比屋內家具更寒酸的是我當時的處境，離開出版社以後，我一氣之下訂了機票出國，花光所有遣散費，返家後為了去上電視編劇院的編劇課程，連六十萬韓元都拿不出來，不得不向銀行申請借貸。

我當時需要做出果斷的決定，不論是趕快重新找工作也好，還是盡快出道正式成為編劇領取稿酬都好，在未來極度不明朗的那段時期，我遇見了電影《巴格達咖啡館》。

當時，我每週的零用錢設定在兩萬韓元，為了有效運用那兩萬韓元，每天都要寫好幾次記帳本。外出地點我鎖定在編劇研修院所在的汝矣島，為了讓自己的開銷限縮在公車錢和咖啡錢，每到傍晚，我便趕忙回家。當時我最多的就是時間，所以看書閱讀自然成了我的工作，但是每每在翻動書頁時，那沙沙聲響也宛如鈔票在一張張流失，因此，無計可施的情況下，我想到可以去租書店用相對低廉的價格添購過時的舊書來看。不過即便是舊書，也有許多是才剛出版不久，仍需花費原書五折的價格才有辦法買到的書。儘管我一週只外出一次，購買兩、三本舊書，手裡也只剩下兩千至四千韓元，根本不敢奢望進電影院看電影，休閒時能享受的事情唯有看錄影帶。

因此，挑選錄影帶時，我會考慮再三、慎重挑選，因為要是一個不小心沒選好，那一週的休閒生活就泡湯了。當時，我養成了一個習慣，只租別人介紹、手冊推薦、再再認證過有好口碑的電影，而《巴格達咖啡館》正是經由這樣的過程雀屏中選的一部。

然而，電影一開始並不符合我的期待，甚至還有些失望。主角是一名白人女子，身材高大臃腫，看起來讓人頗有負擔，另一位主角是一名黑人女子，眼神凶狠，還很神經質。

電影中，白人女子茉莉（Jasmin）來到一家不賣咖啡的巴格達咖啡館，進店後沒有任何故事情節，畫面就這樣停留在咖啡館內一段時間。茱莉多次想將自己難以發音的名字「Müünchgstettner夫人」告訴咖啡館老闆——黑人女子布蘭達（Brenda），可是布蘭達沒來由地對茱莉這位客人很不友善。布蘭達和先生索羅門（Salomo）因為一件小事起口角，先生一氣之下憤而離家，兒子和女兒也非常不聽話，總是惹她生氣。整身牛仔打扮的考克斯（Cox）成天無所事事，只會嘻皮笑臉，讓人很倒胃口；女刺青師則是不對任何人透露她的名字，不發一語地在咖啡館周遭徘徊；另外還有一名連咖啡都不知道怎麼沖泡的吧檯服務生，真不曉得他怎麼會在那裡。

然而，其中一幕攫走了我的目光——茱莉走到一號房所做的行為。她在只留宿一晚的旅館裡，像在自家一樣洗衣、打掃、裝飾房間，甚至跪在塵土飛揚的地板上，用心地擦拭地板。不知為何，我看見她那副模樣不禁有些心疼。爾後，決定改成長期留宿的她，繼續出現一連串怪異行徑。她擦拭咖啡館招牌、整理辦公室、打掃廚房，還安撫被人冷落哭啼的布蘭達孫子，聆聽布蘭達的兒子胡亂敲打鍵盤、彈奏五音不全的曲子。

布蘭達對於茉莉這樣的舉動頗感負擔，因為看在從未接受過任何人好意的布蘭達眼裡，茉莉的親切是足以撼動日常的威脅。某天，布蘭達沒頭沒尾地突然對茉莉咆哮，要趕走她。

這時，茉莉的回答至今仍令我印象深刻。

布蘭達：「妳算哪根蔥？憑什麼和我的孩子打成一片，還打掃我的家！」

茉莉：「（猶豫）我只是認為這樣做妳應該會開心……」

原來茉莉是想要讓人有好心情，儘管她對毫無罪惡意識吸食古柯鹼、開車途中酒瓶不離口、視「人生如兒戲」的丈夫投以冷漠的目光，並在一氣之下賞了他一記耳光，卻仍然想對丈夫逃跑、在沙塵滾滾的沙漠裡仰賴卡車司機們光顧維生、視「人生如戰場」的布蘭達給予無限包容。

茉莉不是為了自己開心，是為了看見對方開心而學習魔術、進行表演、成為模特兒。逗樂別人的同時，自己也從中找到快樂。我很喜歡這樣的她，那天晚上甚至感傷地哭了一場。

為了配合電視臺的播出時間，我熬過數十、數百個漫漫長夜，雖然至今仍沒有人因為我的作品而感到幸福，但我會像茉莉一樣持續努力。茉莉離開後，所有人再度陷入低迷的生活。

或許這是過分的期許，不過要是某天不再有我寫的電視劇，而觀眾仍會像巴格達咖啡館裡的人們等待茉莉一樣等待我的話，我就別無所求了。

愛，
不是要為對方放棄什麼，
而是要為對方做些什麼。

——《沒關係，是愛情啊！》

# 身為電視劇編劇，我感到無比幸福

口是心非的言語、心口如一的言語；
儘管只是透過言語，也要在對方的心頭插入匕首；
雖然不成熟，卻也無法責怪的軟弱意圖之語；
反撲回到自己身上的痛心言語；
超前於想法直接脫口而出的衝動之語、傷人之語；
猶豫不決後脫口而出的言語；
思考再三後決定吞下比較適切的言語；

最終還是選擇不吐不快的言語；
可能造成誤會也可能解開誤會、一字之差的言語；
這些言語所帶有的萬千朝氣與神祕，
正是我熱愛這份職業的理由
——因為電視劇編劇是用言語在創作。

言語是傳遞心聲的手段，
今天的我，
依舊在準備下一部作品，
但我思考的仍是內心而非言語。
奇妙的是，
不管是我的內心還是他人的內心，
愈深入洞察就愈會發現人心其實很美麗。

所以我對於自己身為探索言語及內心的電視劇編劇，
感到無比幸福。

# 加油啊，各位！
## ——給所有立志成為編劇的人

我回想十二年前初次踏入「韓國放送作家協會教育院」時，當時我並不是帶著一顆「只要能寫劇本就好」的純粹之心走進去的。因為對於半被迫離開前一份工作、自行貼上「社會不適應者」標籤的我來說，教育院就像是我的避難所，也像憂鬱人生的希望之處，說不定能讓我不知該如何是好的生命苟延殘喘，獲得延命的機會。

教室的黑板上寫著「電視劇＝人」這樣的命題，我在這句沒什麼特別需要記誦的短句上反覆畫圈、咀嚼。

「作文是要用心去寫的。」

這是我從國小到大學扯著嗓子高喊過數千萬次的標語，我不禁羞愧，原來我一直只是把它當成口號在喊而已。

當時的我內心十分急迫，一切都那麼雜亂無章，但是那樣的我如今已成為老師，站在教育院的學生面前。授課過程中，學生們不發一語，不僅眼神發亮，甚至還有點過度緊張，眼眶泛紅，感覺隨時要哭出來。教室裡，笑的人總是我，口乾舌燥的人則是學生。由於每個人看上去都實在太像當年的我，讓我不禁嘆氣。

我每天叨唸學生：「再努力一點，再加油一點！有些人都已經在熬夜趕工了，有些人還趴在書桌上撕心裂肺地哭，哪有時間喝酒續攤？為什麼要在汝矣島到處閒晃？看導演的臉色前，要先全神貫注在劇本的每一個字上！」但我知道這些都是徒勞。

因為他們都比我還要急迫，熾烈的心情不亞於我，即便無人強迫也會感到孤單，被自虐搞得疲憊不堪，就連臉色都蠟黃暗沉。

我不是不知道。

我站在汝矣島江邊的欄杆旁，用彷彿和睽違十二年的自己再度重逢的心情，反覆自問：「我能寫劇本嗎？我真的有話要對這個世界說嗎？」「我真的了解人嗎？真的能養活自己嗎？」然後忍不住放聲大哭，也因為不忍心罵什麼，只好吶喊。假如汝矣島比麻浦更容易起霧，那絕對是因為教育院學生的眼淚所致。

學生們，假如你們需要安慰，我隨時願意提供。加油啊，各位！

假如你們正走在成為電視劇編劇的道路上，那麼，那條路是所有編劇都曾走過的必走之路。倘若現在的你正在寫劇本，同時感到孤單、熾烈，對於自身的懶惰感到憤怒的話，各位一定正走在成為編劇的正途上。

加油啊，各位！

## 盧熙京的寫作手則

一、當個誠實的勞工

遵守勞工上班時間八小時。

二、相信因果報應

只要提筆寫作，就會提高完成的機率；如果只有想而不去寫，反而會徒增煩惱。

三、電視劇即是人

對人類的探究正是對電視劇的探究。

四、仔細觀察細節

你要是馬馬虎虎看世界，就會寫出粗糙膚淺的電視劇；要是仔細用心觀察這世界，就會寫出細膩精緻的電視劇。

五、疼痛的記憶愈多愈好

編劇不會受傷，統統都是寫作的素材。

六、慎防思想老化

人老可以維持心不老，但思想卻有可能老化。

直視自己目前的想法統統都是偏見，永遠要懂得聆聽別人的話。

當你主張自己的想法才是對的，就要意識到自己的思想正在老化。

七、勿忘溝通協調

做電視劇這行，不是獨自一人孤軍奮戰，而是靠團隊合作。

假如無法與人溝通協調，請趁早放棄成為編劇。

電視劇編劇只是整個劇組中負責寫劇本的那個人，絕非領頭羊。

關鍵在於要能區分究竟是堅持身為編劇的中心思想，還是只是在一味地固執己見。

# 尹汝貞是單靠眼神就能擁抱人生的人

「這劇本寫得可真爛，怎麼能寫出這麼爛的劇本！爛死了。」

這是幾年前，尹汝貞對我的某部作品做出的評價，在我寫不出好劇本、知道自己已達極限時，被人公認毒舌的她，更是不遺餘力地當著我的面嚴厲批評，而生性叛逆的我，面對她的毒舌也不服輸地與她展開唇槍舌戰。

「前輩，您也不是永遠都演得好啊，也有演得很爛的時候喔！」

要是換作別人，在這種相差二十歲的關係中說出如此情緒化的發言，早就關係決裂，但是完全不想失去彼此的我們，至今偶爾仍會簡單問候、想要相約碰面。當然，我們也依舊伶牙俐齒、嘴裡藏刀、互不相讓，只是誰都不會被彼此吐出的利刃所傷，不，應該說，反而很享受這種帶刀的說話方式，彷彿毒舌的程度是用來衡量我們的友情尺度。

有時年紀較小的我會抱怨她的毒舌令人受傷，但那真的只是在撒嬌，並非往心裡去，因為她的毒舌往往具有安撫這個艱苦、無聊世界的力量。

我久違地打了一通電話給她。

「妳怎麼聲音聽起來怪怪的？」

我誠心誠意問候，卻突然遭她反嗆：

「還好意思說我，妳的聲音更怪。」

我們沒有一次是好好聊天的。

但是我很開心，她依舊如初，用著一貫的說話方式來回應我，彷彿這就是她平安健在的證據。

我非常喜歡演員尹汝貞前輩，有段時期，還因為難以承受只有我獨自在為情所苦而向她傾訴一切（她要是堅稱自己不記得，我真的會很難過……）。

假如有人問我，到底喜歡尹汝貞什麼？我會不知道該如何回答，因為喜歡的點太多了。

我到現在還忘不了她在《我活著的理由》中飾演的孫夫人，不發一語地抽著香菸，安慰向她哭訴人生好苦的主角愛淑的那一幕。當時她吐出的煙霧就像團團雲朵溫暖環抱著愛淑，還有她那夾著香菸的手指，簡直帥到無話可說。

除此之外，在《謊言》裡對初戀情人隱瞞自己是寡婦的事實，東窗事發後，腳步踉蹌地搭上公車的背影，也把她對人生的無望之情展現得一覽無遺。

「瘋女人、唧唧歪歪、靠北、你這混蛋、那個混蛋……」就連這些粗俗的臺詞，只要從她口中說出，都會變成充滿人情的悲傷安慰或淒涼人生的定義。即使沒有任何文字，只有「……」，她也能瘋狂展現演技。

她究竟為何能呈現出那樣的演技，至今仍不得而知。說得簡單可以歸功於人生歷練，然而，人生歷練同樣豐富的演員，難道就能夠呈現出和她一樣的演技嗎？將那些粗話說得有如人生哲理？顯然不是。因此，表示她一定有著自己特有的深厚演技功力。

有段時期，我還試圖分析過她的演技，然而，最終仍以放棄收場。都說演技是演員的人生，那麼，在分析她的演技之前，豈不是應該要先分析她的人生？可我沒有這樣的能力。

她年紀輕輕就隻身一人在沒有男人、丈夫的陪同下，獨自撫養兩名小孩長大（而且還養得非常好），單憑那張不算絕世美人的臉蛋和並不非常悅耳的嗓音，以及不懂得阿諛奉承的性格，誰能想像她究竟花了多少努力與對戲劇（對她來說應該是人生）的熱愛，才爬到了今天的地位。

說到這裡，只會使人哽咽罷了。

現在的電視劇清一色都是年輕男女的愛情故事，因此，和她一樣光靠一個眼神、一句臺詞，安慰、戲弄、撫慰人生的高超演技，正在逐漸消失，沒有舞臺讓其發揮，著實可惜。

拜託趁尹汝貞和她同期的演員年紀更大之前，快點出現一部真正在討論人生的電視劇吧！別再讓她演反對年輕男女主角談戀愛、煮飯的戲碼了，讓她可以演一些活到今天才發現原來自己其實很渴望愛情而嚎啕大哭的戲。假如不讓她這種上了年紀的演員來演我們每個人都一定會衰老的人生，又有誰能「如實」演出？現實的觀眾朋友們，請不要忽略老演員，因為總有一天，各位都會變老。

聽說她前陣子睽違許久終於接拍了一部電影，我不免擔心，她該不會是要趁此機會離開電視圈，轉戰電影界。我在此由衷地拜託各位電影製作團隊、導演，請不要發覺到她的真正價值，讓她繼續留在亂七八糟的電視圈吧！

我可以猜想得到正在閱讀這篇文章的她會說什麼。

「妳根本是打定主意要砸了我的飯碗！」

妳這個可愛的老太婆！

我在這圈子已經當了三、四十年演員，
要是連那點能耐都沒有，就該去死了。

——《他們的世界》

# 十分暖心的一段話

我的母親對我而言是佛祖、是耶穌、是蘇格拉底、是這世上所有聖賢者的化身。她不識字，所以沒什麼好拿出來炫耀的知識；她生性害羞、不擅言辭，所以也沒有結識任何一位可以和她閒話家常的朋友；她不懂世間營利之道，所以沒有留下任何財富。不過，但凡是有大腦的人，不妨試著想想——

綜觀古今中外，哪有聖賢會炫耀知識、累積財富的呢？母親就只是傻裡傻氣的人，所以對任何人都謙遜有禮；因為害羞不多話，所以不會用尖銳的話語在別人心中插入匕首；因為不懂得世間營利之道，所以不會鄙視窮人，總是帶著一顆憐憫之心，把別人都當成自己、兄弟姊妹、親生孩子般對待。

小時候，我經常幫母親跑腿，多半是去小雜貨店添購必要食材，其中最常做的是幫她把親手準備的東西，分送給街坊鄰居或貧苦人家。

「我媽說這份泡菜綠豆煎餅要請你們吃！」
「我媽說這些剛拌好的生泡菜要請你們吃！」
「我媽說這些炒雜菜要請你們吃！」
「我媽說這些蒸好的馬鈴薯要請你們吃！」

我母親非常樂於分享，只要兄弟姊妹聚在一起，就會提到母親的熱心「分享」多麼異於常人，比方說，白天剛拌好的生泡菜，到晚上就統統不見；下午剛煎好的綠豆煎餅，才過一小時就見底；剛蒸好的馬鈴薯也是，當場就能全數分送完畢……

某天，年幼的我忍不住計較起來。

「媽，今天的炒雜菜不能再分給別人了喔！我放學回來後就要吃，一定要幫我留著！」

然而，放學回到家，我發現炒雜菜早已消失無蹤。

我語帶哽咽地質問母親：

「我的炒雜菜呢！」

母親對我說：

「不管什麼東西，只要吃過就好，何必老是想著還要再吃？既然妳都吃過了，其餘的就讓給別人吃吧！」

實在是很暖心的一段話。

是啊，我吃過就好了，幹嘛老是想著自己獨吞呢，應該分一些給別人才對。這是平日沉默寡言的母親經常對我耳提面命的一段話。

「可憐那些沒有的人吧，和他們分食，幫助他們。」

# 妳過得好嗎，K小姐？

在妳收到這封信後，我敢保證，妳一定會被K小姐這個稱呼逗笑好一陣子。金秀也，秀也小姐，妳這女人，溫柔憨厚的老實人！能夠隨意更換不同暱稱來稱呼妳的那些日子，我好幸福，因為有妳這樣的母親。

「別這樣，戲弄長輩是不對的喔！」

儘管妳嘴巴上這樣說，還是很明顯喜歡我與妳這樣毫無隔閡地開玩笑，所以在妳臨終前向我表示非常愛我時，我沒有很激動，因為我

「一直」都很清楚，妳有多麼深愛妳的小女兒熙京。

自從妳去了每個人都一定會去的世界以後，我成為了編劇。妳原本光是待在我身邊都會令我牽腸掛肚，更別說在妳離開後，我對妳的思念更是無窮無盡。每當我筆下的主角談戀愛、分手、迎接死亡、背叛、後悔之際，我都非常需要妳的建議。

猶記當初，我向妳抱怨不甚滿意的未來姊夫：「千萬別讓姊和那個人結婚喔！」妳說：「他又不是要和妳過日子。」「所以，媽，妳滿意那個人喔？」「反正也不是要和我過日子。」說得如此簡單的妳，思想比我還不古板的妳，儘管生活困苦仍會欣賞雪景、認為很美的妳，啊，為什麼會走得那麼早呢？

法國作家安妮．艾諾（Annie Ernaux）年過五十歲時，將親身經歷的愛情故事寫成了《純是激情》（*Passion Simple*）一書。我讀完那本書以後，心中產生無數疑問——都已經年過五十，還能不顧後果、如此莽撞嗎？和足以當她兒子的有婦之夫有肌膚之親，竟然不會感到罪惡？愛情只是純粹的激情？愛是像習慣一樣不斷重複的東西嗎？

雖然這是直到讀完彷彿是在回應《沉淪》（*Se Perdre*）的《擁抱》（*L'Étreinte*，菲利普·維蘭〔Philippe Vilain〕著）才浮現的疑問，但我仍想問母親：「和《純是激情》的作者安妮·艾諾一樣五十歲時，妳已經渾身病痛。對於當時的妳來說，愛是什麼？妳對床笫之事是否還存在熱情？雀躍與冷漠是否真的只是一線之隔？不，比起這些，我更想知道妳是否也曾像安妮·艾諾一樣，只是一個普通人、一個女人？」

假如真是如此，我深感抱歉，因為我從沒把妳當成女人、普通人對待。我對著歷經漫長手術後甦醒的妳說：「不論妳想要什麼，只要開口我就幫妳實現、買給妳。」可是妳卻回應我：「能把我的青春還給我嗎？」

我頓時崩潰，那或許是妳第一次以普通人、朋友的身分，想要和我談論空虛的人生，可惜懦弱的我沒有勇氣接話，只有默默撇過頭去，迴避了這個話題。

心愛的侄兒們，奉修、始明、慶熙、小乙、始珍、潤雅，以及青天，真希望我可以待他們如妳當初待我一樣，只要有妳待我的一半也好，然後和他們暢談過去未能與妳聊到的關於熱情、愛情、罪惡感、侮蔑感，甚至是床第之事等各種打破界線的話題。

倘若在我和他們閒聊的過程中，妳有查覺到任何不妥之處，還請告知。

然後請多保重，媽媽。

媽，
因為有妳，
我的人生，
真的很幸福。

——《比花還美》

# 第三部 再愛久一點

任何人，不只朋友，即便父母或手足也是，都不能看得比自己更重要，不論是以性命、財物，或者任何東西作為擔保，覺得這樣才算講義氣的人，根本稱不上朋友。人生在世，會遇到許多讓人感到孤單寂寞、痛苦難耐、隻身一人的情況，儘管如此，依舊能成為朋友的人，才是真正的朋友。

# 致我深感抱歉的父親

我對於總是在我的文章裡以反派角色登場的父親一直懷有抱歉之情，雖然單憑一封信很難取代內心的愧歉，但我擔心若是不寫，罪惡感會更重。看來這次依舊是為了我自己，而不是為了父親……

前天是父親逝世兩周年的忌日，扣除掉身在異鄉的手足，所有人齊聚一堂，度過了歡愉時光。假如您有回來，看見那樣的畫面必定會很開心，想到這裡，我的內心也不免肅然，在這世上我最嚴苛對待的人，就是父親您。小時候，我深信我有足夠合理的理由，對您做出各種尖酸刻薄之舉。

因為您外遇偷情的次數多到十根手指頭都數不完，小時候要見您一面十分困難，因為您周旋在不同的女人之間，忙著和其他女人組成家庭，光是我知道的女人就超過五根手指之多，見過面的女人也有三、四個。其中一名女子還厚著臉皮找上我們家，在母親身邊睡了一晚才離開；還有一名女子和我的兄弟姊妹互扯頭髮，動手打過架。您從來沒有賺過很多錢回來養家，而且在我的記憶中，即使是少少的錢，也不曾見您拿回家過。相較於勤儉持家的母親，您實在太懶惰了（以前家裡沒有浴室，每到冬天，您就像國王一樣在房裡盥洗、刮鬍子）。您從未對我說過一次「愛妳」，也從未對母親和子女們說過一句「對不起」（不確定有沒有對母親說過，但我有很多證據足以斷言您肯定沒說過）。儘管我不知道長相，但我知道別的女人和您生了孩子，也知道您為了外遇對象所生的孩子而哭泣。您很喜歡往自己臉上貼金，也喜歡吹牛，很臭屁。我討厭自己姓盧，很想改姓。

我真的非常恨您，所以即使原本在家裡開心地看電視，只要一看見您回來，就會馬上臉一垮，用冷漠的表情起身走出家門，用力「砰」一聲甩門而去。同桌吃飯時也不曾正眼看過您，說話更是句句帶刺，您都不曉得我當時多麼樂於挖苦您、惹您生氣。隨著我的力氣愈來愈大，您愈漸衰老，我的攻擊力道也變得更加強烈。

「聽說朋友的爸爸外遇，他媽媽去申請離婚了，幹得好啊！」

「男人要是沒能力，還是個男人嗎？」

「您不會把窗戶打開再抽菸喔！」

「吃飯不要發出那些怪聲音啦！」

「要喝水就自己去倒啊！」

「少在那邊吹牛了。」

「我的性格很古怪嗎？那是因為像您啊！」

「有得吃就很好了，還嫌東嫌西……」

當時我不認為自己有什麼錯，也毫不反悔，直到您罹患肺癌，拎著兩、三件行李從大哥家搬來我家為止。大哥遠赴異國賺錢，雖然我有許多兄弟姊妹，但是經濟狀況都不很理想，無人願意照顧生病的您。儘管大家口頭上都說：「我來吧。」但是站在同樣身為子女的立場，坦白說我知道大家都會認為您是個沉重的包袱，所以最終不得已，只好由我出面認領。

當時，我的心情比較像是「好吧！儘管放馬過來。」而非出於作為子女的義務。不論我們倆最終握手言和，還是上演慘烈的復仇劇，總之我想和您一決勝負，因為對於每每在劇本中描述家人之間的諒解與疼愛的我而言，您就像個龐大的腫瘤，占據我心窩深處。

從我接您來我家住的那天起，我便在持續多年的一百零八拜裡自行增加了三拜，同時唸誦：「感恩父親，不論如何都感恩您」的祈禱文。我知道，單靠一百零八拜不足以抵銷對您的懺悔，更何況我每拜一次，不僅沒有懺悔，腦中還浮現諸多憎恨您也很合理的理由。

有一天跪拜時，我甚至將念珠扔在一旁，邊哭邊喊：「我要繼續恨你！」假如您有讀到這裡，想必會對我很失望吧，但請您不要太生我的氣，因為我後來還是有把那串念珠重新拾起，低頭默唸：「在我諒解您之前，絕不會輕易將您送到其他地方。」

那三年半的歲月，猶如在寫討人厭的作業一樣，我和您一起在住宅旁的小菜園裡種萵苣、辣椒、玫瑰，一起喝茶，可我幾乎不曾開心過，就只是抱著「反正都這樣了，就試試看吧」的心態而已。然而，某天，應該是一起種植一株五加皮的那天。當時正值炎夏，大汗淋漓的我們在一塊小小的陰涼處喝茶，那時我突然問您一個問題，其實那是我在心中演練過數千萬次的問題。

「以前我看過的那個女人，就是您外遇的那位，臉上有斑的阿姨……為什您喜歡她更勝媽媽？」

您笑著回答：

「我最喜歡的人是妳媽。」

我說：

「既然那麼喜歡媽媽，為何又要和那個女人在一起？」

您笑而不答，起身重回小菜園，頂著十分憔悴的佝僂背影，繼續種植、拔草，當時我第一次產生了這樣的念頭：「我究竟在對一個年老體衰的老人家做什麼呢？」

要是換作平日，我可能會心想：「幹嘛莫名感傷？」然後起身離開，但當時我沒有這麼做。那也是我第一次感覺到，我們所剩無幾的幾個月好像真的有點少。相較於您與生俱來的幽默感，那天您說的話一點也不好笑，但是如今回想，可能我真的非常渴望與您和解，竟然會因為您沒頭沒尾的一句「最喜歡母親」而馬上心軟。

爾後，我經常握著您的手，輕撫您的臉龐。我曾詢問過經常為我指點人生迷津的前輩：「我想和父親和好，請問該怎麼做？」前輩告訴我，毋須多言，只要握住他的手就好。可這實在太令我難為情了，一個握住父親的手會感到難為情的女兒，說來也挺荒謬，但我還是硬著頭皮照做，從此每天與您尷尬握手三十分鐘，而我們之間的對話，又怎麼可能在此一一道盡。只能說，我活了四十年都未曾聽您說過的話，全在那時聽到了。

「沒有哪個孩子是我不愛的。」

「如果有下輩子，我想當你們的好爸爸。」

「要是能與妳母親重逢，我還想和她一起過日子，只是不知道她是否願意。」

「我這生已經了無遺憾。」

「假如某天我倒下了，千萬別幫我戴呼吸器。」

「妳實在太可憐。」

這些話您說得好溫暖，彷彿準備已久似的。也許在這漫長的歲月裡，您不擅用言語表達，但還是有用眼神在向我們這些子女示意，否則，您不可能每天這般冷靜沉著、不緊張顫抖地說出這些難以啟齒的告白。某天甚至還因為您的告白實在太過鄭重，我忍不住對您說：「夠了，太肉麻了！」就這樣過了幾個月以後，某天照慣例在做一百零八拜時，我驀然想起年輕時的您。

四十歲的男子。
膝下育有七子。
妻子是個不懂幽默、不漂亮，也毫無魅力的村姑。
自己是一事無成的中年人。
應該不會想要活下去。

我淚流滿面。
外面漂亮的女人滿街都是，
被他那天生的幽默感迷得神魂顛倒，說好愛他，
可頂多也只是在一起短短幾年而已，不可能一生一世，
於是他最後又重回無趣的妻子身邊，
回到滿懷復仇之心的孩子身邊，
這個男人心裡，
到底懷著什麼樣的想法，
我是否真的了解？

人生真的比電視劇還戲劇化，那年冬天，我們徹底和解，彼此都不願再分開，您卻在那時迎來了生命的終點。您的呼吸變得急促的那天，是我第一次以您為題材所寫的電視劇——《奇蹟》的首播日，而您

嚥下最後一口氣的瞬間，也正好是第一集播放完畢的時刻。這要是寫成電視劇，一定會被觀眾吐槽劇情太過刻意，根本不合理也令人不可置信。

您當時已經骨瘦嶙峋，躺在我懷裡對我說：「我真的很對不起妳。」而我則對您說：「爸，您的心意我都明白，請安心地去吧。」那是個雪花紛飛、和母親臨終那天一樣溫暖的冬天。

如今最令我感到安慰的是，在您臨終前，我大概親口對您說了三、四次「我也非常愛您」。

前些日子，我收到一封電子郵件，是一名年輕人寄來的，他說他沒能與自己的父親和好，問我該如何是好。我告訴他，不必太著急，我自己也是年過四十才和父親和好，這絕對不是一件容易的事情。

不過當時未能多補一句給他，我一直惦記著這件事，所以想嘗試寫在這裡，說不定他會看見。

「加油。」

啊，對了，爸。

話說回來，您在那個地方遇見母親了嗎？

遇見也好，沒遇見也罷，都無所謂。

無論兩位各自與其他人另組家庭，還是兩位又再度一起同住，我光是想像那樣的畫面都覺得好美。

兩位都是非常好的人，我們這些子女每每團聚在一起就會這麼說。其實偶爾也會說一下兩位的壞話，但那都是出自於對您們的思念，請別往心裡去。

對了，還有一件事，兩位生下的這些子女也都跟其他人一樣過著辛苦但有趣的生活，所以，還請放心。

有人說，世上最暴力的話是：

「要像個男人、像個女人、像個媽媽、像個醫生、像個學生……」

諸如此類的言論。

其實每個人都是第一次體驗今生，

所以才會比較生疏笨拙、惹人憐憫……

因此，就算犯錯也沒關係……

——《沒關係，是愛情啊！》

# 從父母身上繼承的最棒遺產

假如父母沒有留下任何遺產給子女，或者子女不願接管父母的遺產，那便是「怠忽職守」。雖然不會受到法律上的制裁，但是會為此付出代價——變得較不幸福。

我在二十五歲左右的時候，和我們家的養女暨同齡好友，以押金三百萬韓元、月租八萬韓元的金額，在外面找了一間房子一起搬出去住。雖然過去也曾因經濟上的理由，或因為孤單寂寞相約其他朋友同住，但都維持不久，最後總是只剩下我們倆。和她這樣住了十二年以後，我變得不管和家人還是好友，光是一起生活三、四天都很困難。

結果在七年前，我遇到了生活上的重大改變。原本和大哥同住的父親突然罹患癌症，一夕之間無處可去（大哥當時即將移民海外），加上二哥也遇到一些狀況，不得不把兩個小孩託我照顧。我是個對噪音毫無免疫力的人，儘管在炎炎夏日，也會為了隔絕風聲和雨聲而將門窗緊閉，但是竟要臨時接手一個就讀國小、一個就讀國中的侄子。兩個小孩整天唇槍舌戰，再加上已經分居十年以上的老父親，每到凌晨四點就會醒來打開電視，在廚房進進出出，一下要去廁所一下又不去，就算什麼事都不做默默待著也教人心神不寧。

最後實在受不了了，我決定和感情較好的二姊一家人同住。由於二姊和姊夫的性格都很溫和，我認為應該會為家人帶來和睦，同時也能一起分攤這份重擔。然而，當情況漸入佳境時，二姊家的兩個孩子加上原本二哥的兩個孩子，變成了四個孩子，而且還是年齡相仿、成天惹事生非的青春期小孩。

如今回想起來，那些都是活著的樂趣，但當時實在茫然。不久前，我才剛委託房仲把九人同住過的房子賣掉，準備重新添購一間只剩四名大人同住的小屋。畢竟父親已經離世，加上我也堅持二十歲一到就分家的原則，所以分別在去年、前年就讓家裡的男孩自立門戶，另外兩名女孩目前就讀高三，預計也會在明年讓她們搬出去住。不過與此同時，我也不斷對孩子們產生愧歉之情。這是沒辦法的事，因為比起父母留給我的遺產，我自認能留給他們的東西實在少之又少。

母親離世至今已十九年，父親則是第四年。母親生前堅守每餐只準備一、兩樣菜餚，不是涼拌菠菜配泡菜，就是烤海苔配一小塊烤魚，靠著省吃儉用才存下四百萬韓元，並將其留給我。

這四百萬韓元也是小時候我向母親抱怨：「我們家也加個菜吧！戶頭裡不是還有錢嗎？」她就會回我：「那是我的棺材本，別肖想！」的那筆錢。當時母親才四十歲出頭，由於娘家有短命的家族史，所以儘管她年紀輕輕，還是預知了自己的生命期限。最終，預感成真，母親在年僅五十七歲的青春年紀離開人世，而那筆四百萬韓元的遺產則是按照她生前所言，全數用在她的後事上。

父親更是什麼都沒留給我們，畢竟他當了一輩子的無業人士，靠著孩子給的零用錢過活，過世時只留下區區幾十萬韓元的現金，和一間位於城南、仍有驚人房貸未還清的二十坪老舊公寓，而且大部分都還是在大哥的辛苦與努力下才有的。

然而，現在的我反而覺得父母親留給我們的遺產多到滿溢，光是以下幾點就讓我想要列舉出來炫耀一下。

一、兩人學識不高，所以從未仗著自己知識淵博而藐視他人。

二、兩人並不聰穎，所以從未瞧不起愚者。

三、母親每天早晨都會打掃社區周遭，維持環境整潔，並將可用的物品打包，拿到社區裡的敬老堂，造福許多老人。

四、母親不多話、不毒舌，所以從不把話語當成匕首刺傷人心。

五、母親會從市場撿回受損的馬鈴薯、地瓜、大白菜，經過一番處理，做成煎餅和各種食物，養活子女並與鄰居分享。

六、兩人一生都很窮困，所以總是對貧困者視如己出，還撫養兩名孤兒長大成人，又領養了一名別人家不要的養女。

七、父親每次只要手裡有錢，就會花在周遭的人身上，比起被別人請客，他總是強辯自己更樂於付出。

八、母親年近五十時，身體就開始老化、牙齒脫落、白髮蒼蒼、渾身都是病。不過她從不怨天尤人、痛苦哀號，反而慶幸自己體力佳，沒讓子女受太多苦。

九、兩人總說人生在世，最重要的是家人之間的情誼。

十、兩人都因癌症去世，但是離開的過程都很美麗、堅強、不拖泥帶水，這教會我們另一番智慧——死亡未必可怕，說不定是畫下美麗句點的機會。

而我拿到的遺產何止這些？還有一籮筐，所以時不時會感到活著真幸福。據說《明心寶鑑》中有這麼一句話：「父母留給子女的最棒遺產，是不為人知的善行。」既然如此，我想，身為大人的我，至少從現在起要累積「真正的遺產」給侄兒和後輩們，這才是我「現在」該做的事。

好了，我要以侄兒們離家時送給他們的叮囑，來結束這篇文章了。

不要因為世間可怕而先自己嚇自己，
這是你們的父母和我都快樂生活過的世界。
這世界比你們想像的還要美麗，
所以別怕，我愛你們。

反正人生只活一回，
不會活兩回。

只要牢記這點，
世上就沒有不可能的事。

——《比花還美》

# 向演員羅文姬探問人生路

「熙京小姐，妳應該很受老天爺的眷顧喔！祂期望妳成為大人物，所以才不給妳收視率。」

這次作品的收視率依舊慘兮兮，不得不說，您的安慰比誰說的話都還要甜。我不敢奢望忙碌的老天爺會顧及我（我根本不敢妄想，畢竟到了這年紀，不論神也好、佛祖也好，就算沒有祂們眷顧，也要想辦法活下去，這就是人生道理），但是前輩您的安慰，著實令人暖心。

其實有許多不足之處的我，每次都後知後覺，包括這回《他們的世界》也是。觀眾指責故事架構不夠流暢、依舊會到處卡卡的，即便我年過四十，看待人生的眼光也仍然不夠有深度，只想著要說教。我相信，在電視圈打滾多年——已經是高手中的高手——的前輩您，一定也有看出這些問題，我知道，您只是心疼在您眼中依舊稚嫩的我……謝謝您。

回首過往，我在二十九歲青春洋溢的年紀遇見您，當時的您十分帥氣，五十五歲左右，身穿米白色風衣。您是我見過最適合那身穿著的人，也是我的出道作品——《媽媽的梔子花》裡的主角。接下來的十三年間，您在我的劇本裡登場過數百回，然而，實際與您見上一面簡直難如登天，大家都稱我們倆是一家人，但其實我連和您喝杯飲料的記憶都十分模糊。我邊寫這篇文章邊掐指一算，我和您單獨，不，我和您以及其他人大夥兒一起喝茶的次數究竟有多少？竟然連五根手指頭都數不滿。我們根本是極其疏遠的關係呢！然而，是前輩您讓我知道，原來這種疏遠的關係，正是最棒的人際關係。假如我沒記錯的話，二十九歲那年，應該是在郊區的某間咖啡廳裡，我們有過這樣一段對話：

「熙京，不要只和光鮮亮麗、出類拔萃的人往來。」

「熙京，要多閱讀。」

「熙京，搭公車或地鐵時，要記得多觀察別人。」

「熙京，要多去傳統市場，看看那裡賣菜的阿姨、奶奶們的手，還有她們的皺紋，那些都很美麗。」

「熙京，別去打高爾夫球，多去大眾澡堂。」

「熙京，我們不要太常見面，彼此都認真生活就好。」

「熙京．要當個按時交劇本的編劇喔！」

當時您對著羞澀低頭、年紀輕輕的我耳提面命，這些話至今仍是我電視生涯的指標，也許是前輩您的慧眼看出了我有許多需要改進之處，也或許是看出我只是把電視圈當成一夕致富、一夕爆紅、一解貧困之憾的地方，我感到無比羞愧，也深感謝意。因此我真的下定決心：

多去傳統市場。

去大眾澡堂觀察、聆聽阿姨們的聊天內容。

皺紋很美。

歷經風霜的肌膚很漂亮。

不去打高爾夫球。

劇本要提早寫好。

當初把我人生中最優秀的夥伴——表導演介紹給我的人亦是前輩您，您對我說：「我認識一名很棒的導演，妳和他見個面吧。」宛如媒人般牽線引介。然後，就沒有然後了，我們沒有再見面，也沒有互相噓寒問暖，儘管別人都說我和您是一家人，我卻從未進電影院看過一部您演出的電影，就連舞臺劇也只看過《晚安，媽媽》而已。

的確如前輩您所言，我是個比較自我的人，您也是。正因為我們都非常了解被劇本、拍戲追趕的行程有多忙碌，也能體會光講一通電話都會有多大負擔，所以才會那麼自我地體恤對方。不過，奇妙的是，我們倆都如此自我，關係卻愈來愈好，是屬於互相疼惜的關係。因此，每當前輩您出現在電視裡時，即便不是演我寫的劇本，我也依然倍感欣喜。

「啊，這老太婆，怎麼皺紋又變多了，也太帥了吧。」

「她是塗了什麼東西嗎？今天怎麼這麼漂亮。」

「真想牽牽看那雙手……」

我光是看見您那雙大而厚實的手都會雀躍不已。就算這樣的表達方式聽起來很幼稚，我也要講。

您通常一年才打一、兩次電話給我，有時話匣子一開，就會停不下來。

「這是我在澡堂聽到的，某個女人已經有老公了，還在外面偷腥……」

「這是我從社區奶奶那裡聽來的，某戶人家的兒子竟然……」

坦白說，比起您說給我聽的故事，我更喜歡聽您的聲音。

目前是前輩您的全盛時期，四面八方各種作品都指定要找前輩您參與演出，您也向大家證明了「演員永遠不會老，只會愈來愈完熟」這句話，奔波於各大片場，有一天甚至還在拍攝現場昏了過去。當我得知此事時，不禁一陣鼻酸，這個老太婆怎麼不把身體顧好？幾天後，您對電話中焦急不安的我笑著說：

「我很幸福啦，熙京啊。」

假如有人要我用一句話來形容演員羅文姬，我會說，她是世界上最有企圖心的演員。而如果要我用一句話來形容普通人羅文姬的話，我會說，她是從不曾在螢幕上虛假做作的人。

您說過，若要飾演一般大眾的母親，就要在別人看不見的時候，在床上、路上、廚房裡，統統以市井小民之姿過生活，就連血肉裡都不能摻雜一絲虛假。因此，您總是放低姿態參加所有場合，而我，頂多只是模仿著追隨您的腳步罷了。

要向您學習的地方多不勝數，
所以請別太快老去。

您送我的那條五千韓元的鬆緊帶花褲，
夏天穿著寫作真的非常舒服。
我穿了十多年，鬆緊帶都鬆掉了，
我會重新換一條鬆緊帶。
雖然已經修補過多次，但我沒打算將其淘汰，
因為每次只要穿上它，就會覺得自己很像編劇。
無論多麼千叮嚀萬交代都不夠，
您真的要多保重身體，長命百歲。

# 韓志旼，因為有妳，才有活著的樂趣

我的故鄉是慶尚南道咸陽郡池谷面介坪里一百五十二番地，那裡不是我奶奶、我父母、我叔叔的家，而是一名難以釐清輩分、只好以姑姑來稱呼的遠親的家。母親原本住在首爾，後來去我奶奶家作客，但因為家裡太小，所以暫時借住在這位姑姑家，沒想到就在那裡把我生了下來。爾後，奶奶離世，那裡就莫名地成了我的故鄉。

由此可見，咸陽頂多只能算是我本來的戶籍地而已，我真正的故鄉應該是童年時期生長居住的麻浦山村——首爾麻浦區桃花一洞山二番地，如今那個地方已經不存在了，變成櫛比鱗次的豪宅大樓，完全找不到以前的影子。然而，我記憶中的麻浦，依舊停留在山二番地的樣子，那是會有酒鬼徹夜吵鬧的地方，沒有任何知識份子的地方；誰家的媽媽離家出走了，誰家的爸爸又是個酒鬼；不是打零工維生的勞工，就是和自身處境一樣貧困的女子在其他地方成家。

不過，那裡之所以不全然黯淡無光，是因為附近有一處名叫山村洞的地方，那裡有遼闊的田野，有青蛙、蚱蜢四處跳躍，也有胖嘟嘟的狗尾草生長茂密；雖然積滿廢水，卻仍是孩子們喜歡捕捉河蚌的生長地——漢江；更因為在那裡有許多朋友，以及沒被貧窮嚇到落荒而逃的美麗母親們。

我到現在還是很喜歡那個地方，每到晚上，家裡沒有電視可看的我和兄弟姊妹、朋友就會厚著臉皮在有電視的幾戶人家門外探頭探腦，至今我依然非常感謝當時沒有因為覺得我們很煩而關上大門的住戶。託那些街坊鄰居的福，即便我們家沒有電視，仍知道《九尾狐》，也知道《神力女超人》，還有《六百萬美元男子》，每一部都精彩絕倫。

我去探望居住在菲律賓Alawon的人們，那裡的人每天收入不到一美元，只有地瓜可吃因此身材矮小，沒有避孕常識所以一戶人家多達十二名小孩，還因為不識字而拿不到工作酬勞。我去到那裡，想起桃花一洞山二番地。於是我祈禱再祈禱，希望那附近也有類似山村洞的地方，有著孕育青蛙、蚱蜢和狗尾草的空地，還有因貧窮而吃足苦頭卻還是疼愛小孩的母親，以及陽光普照，與一群靠著笑容挨過困苦生活的手足。

結果Alawon超乎我的預期，不僅有小鳥，還有炙熱陽光、茂盛雨林，雨林裡的樹木美不勝收，孩子的爸媽也沒有離家出走，而且他們的笑容何其開朗。我原以為去到那裡會忍不住流淚，結果不僅沒哭，甚至史無前例地敞開心房開懷大笑。

只要教他們寫幾個字、唱一段曲子、給他們一碗在來米取代地瓜，那些孩子就笑得合不攏嘴，我還有什麼好哭的呢？如同那些鄰居只讓我們在門外偷看連續劇、不給我們看深夜電視節目，我們也不會覺得鄰居小氣，反而心存感謝一樣。我相信這些孩子也不會因為我們沒有久留，只暫住幾天而覺得我們不夠意思，只要有一同歡笑的回憶便足夠。然而，一起前去的幾名同事和韓志旼卻勸我不要僅止於此，邀請我在往後的日子裡也持續寄筆記本給他們、寄藥物給因為寄生蟲而徘徊於生死關頭的人們，並送他們繼續升學，就讀國中、高中。我忍不住眼淚潰堤，被他們的這番美意打動。我自己因為親身經歷過貧苦，自然會想要助他們一臂之力，但是從小生長在不愁吃穿的家庭裡、被人捧在手心長大的韓志旼，竟然也有這份善心，真不簡單。一個個頭如此嬌小的女孩，竟有如此寬大無私的胸懷，總是願意慷慨解囊。

就連在海拔超過兩千公尺、全長十八公里，要靠雙腳徒步行走，只有手掌寬的狹窄山路，她也能像當地居民一樣敏捷通行；以一碗湯和一盒海苔作為菜餚，吃著隨時會被風吹散的在來米，高喊著「好好吃喔！」的她，好美；在髒亂不堪的學校地板上睡得香甜、毫無抱怨，那時的她也十分可人；被水蛭咬傷，她不僅沒嚷嚷，還一副好有趣的樣子咯咯笑著；她回國後又繼續製作公益書籍，展開善心募款活動。

韓志旼已經連續擔任韓國ＪＴＳ（Join Together Society，國際消除飢餓疾病文盲機構）宣傳大使三年以上。這三年來，我與她一起同行，坦白說實在很感謝她，但我從來沒有好好向她道謝，一方面因為我的性格本來就不太熱情，另一方面則是因為有點害羞。我想要藉此機會向她由衷地說聲感謝：因為有妳，我到現在仍無法放棄那些生活在第三世界、每天仰賴不到一美元維生的孩子。妳對我來說亦師亦友，我要再次向我的小老師韓志旼表達感謝。

韓志旼，因為有妳，這世界才比較有活著的樂趣。

# 盧熙京想對表民秀說；表民秀想對盧熙京說

【盧熙京想對表民秀說】

你還是習慣一見面就先幫我拿包包。我可曾對你說過，這樣的舉動屢屢使我深受感動？

我最近偶爾會想起我們的初次見面。一九九六年，透過羅文姬前輩介紹，我們倆第一次碰面。當時我才剛滿三十歲，這樣看來，你就等於是我的三十歲大禮。

回想起那天，至今依然難忍笑意，因為我看著穿著打扮整齊乾淨、溫文儒雅的你，心想這人應該非我族類時，沒想到從你口中冒出的竟是土裡土氣的慶尚道方言口音。那天，不太會喝酒的我們各點了一杯茶，聊了非常多話題，足足聊了六小時之久。而當時閒聊的內容，最終成了描述愛滋患者的愛情與傷痛的單元劇——《仍然相愛的時間》。

等於初次見面的兩人，在一個座位上、言談之間完成了一部劇本。

我到現在還對於你當時對我的提問記憶猶新。「丈夫罹患了愛滋，妻子還會願意與他同床共枕嗎？」這個問題實在太沉重，也太新穎，不免使我緊張了起來。你不斷以「如果是妳的話」為開頭向我提問，而非「接下來的故事該怎麼發展下去比較好？」我回答你，你又會再追問我：「為什麼？」於是我們就在這樣一問一答中，讓故事發展下去。

如今回想，我認為當時真的是第一顆鈕釦就有扣對的感覺，因為自那天起，我們談論了更多有關「人是什麼？愛是什麼？」的話題，而不是只想著「要怎麼寫故事？」。

假如沒有當時那些「閒聊」，我們可能永遠都無法做到在電視劇裡放入日常細微的感動。我知道這番告白有點令人害羞，但你對我而言就是像「燈塔」般的朋友，每當我發現了什麼，並詢問你我的觀察是否正確，你總是盡力協助我「判斷」，照亮我選擇行走的路。

既然都已經說出如此肉麻的話了，那我就再順便說一下，你真的是非常優秀的導演，你非常清楚為我們的精神或肉體做代言的是演員和劇組人員，所以不會擺出一副高高在上的姿態。不論多麼微不足道的小事，只要是使其運作的每個人，你都同等認可他們。這樣的態度很有魅力，我甚至不曉得世上還有什麼事情比和懂得愛人的人一起共事來得開心。

何止如此？你也從不被美麗的畫面所迷惑，而不去苦思究竟該如何透過畫面如實呈現人物的情感。

我們即便沒有一起合作，也會時常通電話。我看著你去年執導的《藍霧》，對你說：「我看到了和我一起合作時沒看過的東西。」這絕對不是信口開河，坦白說，我比任何人都相信也喜歡你的執導美學，但還是有一點不甚滿意。你的情感處理得十分細膩，但不太會拿捏節奏，不過在《藍霧》這部作品裡，我感覺到節奏終於出來了。

你要有心理準備囉！我希望能在這次的《孤獨》裡，看見那份「節奏感」。

【表民秀想對盧熙京說】

只不過是幫忙提個包包而已，不足以掛齒，對一個從外地遠道而來、熬夜寫作多日的人，只能做這點事情，反而讓我深感抱歉。

有時我也會想起和妳初次見面的那天，我當時心想：「怎麼會有人的眼睛如此明亮？」沒想到妳覺得我的方言口音好笑，我有點難過喔！當時我們倆都還是新人，我是準備出道的導演，妳是剛完成兩部單元劇的編劇，真要說的話，我們等於是一起成長的夥伴。

我們聊過那麼多話題，怎麼可能全都記得？

印象中應該是在拍攝《謊言》的時候吧，雖然觀眾的評價普遍不錯，但是決定把別人的稱讚（抑或是我們在自賣自誇）當成「氰化鉀

（毒藥）」的我們，那天應該也是從需要檢討之處開始聊起。記憶中我們是坐在安卡拉公園的長椅上吧？從傍晚時分開始聊天，結果聊著聊著，竟然就看見東邊的天空逐漸露出曙光，著實令我們錯愕不已。

《傻瓜般的愛》又何嘗不是如此？有別於其他電視劇是在劇情大綱階段就已經寫好結局，到底該讓尚宇（李在龍飾）和玉熙（裴宗玉飾）在一起，還是讓他和瑩淑（方銀珍飾）在一起，我們幾乎苦思到最後。最終，我們選擇了玉熙。雖然一開始我是站在瑩淑那邊，但無法拒絕妳那份想要站在愛情那一邊、即便是用這種方法也要給深受痛苦折磨的人一份禮物的高潔心意。

回首過往，妳一直都是這樣的人。

無法忽視受苦難的人，非要為他們的傷口塗抹藥膏或送上禮物才肯罷休，而我總是欣賞這樣的妳。

因此我怎麼可能忘記？

《傻瓜般的愛》第一集創下電視劇史上收視率最低紀錄的那天。

「播出前早已拍攝完畢，試映會的反應也很熱烈，這不是我們的問題，就只是結果如此而已。」

這是妳當時對我說的話。妳都不曉得這番話對於內心慌亂卻仍強作鎮定的我來說是多大的力量！後來妳才說：「其實的確是我們的問題，但要是當時連我們都不相信自己，很多事情都會觸礁。」

最終，那部電視劇（無關收視率）以提供人們重新思考愛情「治癒力」的機會畫下句點，而我們則以兩人的肩膀共同承擔了該部劇的成敗，一如既往，非常公平。

若說到尊重演員和劇組人員，我也有許多話要說，因為妳絕對做得比我更好，不可能比我差。不論是親自和演員見面，將他們的細微習慣一一放入電視劇中，還是面對演員的每一項提問妳都不曾含糊帶過，這些例子我看太多了，就連在寫劇本臺詞時也是。妳從不放過怎麼寫才不會讓演員和劇組人員太費力，又能將角色人物的情感發揮到極大化，妳才是真正懂得愛人的編劇。

妳也知道，《孤獨》是我出來當自由業者後的首部作品，等於重新當一名新人，所以妳要有心理準備喔！我帥氣的「出道」作品，就要靠妳這愈漸厲害的編劇多多幫忙了。

＊本篇為自由作家朴美京小姐根據盧熙京編劇與表民秀導演的訪談內容，以書信的形式重新編寫而成。刊載於《KBS Journal》二〇〇二年十月號。

# 《悲傷誘惑》結束後

歷時兩年的企劃、兩個月的執筆期間、七次的劇本修正、超過五十次的修潤，至今為止，我從未如此辛苦寫過一份劇本。為了寫這部劇，究竟為何需要如此漫長的時間？難道是因為我不夠聰穎？還是因為關上了心門？我到現在還在思考其理由。

這部作品成功與否，在如今已經播出的狀態下我不想多做討論，只不過，在製作這部作品的期間，我和導演真的非常認真，比起寫劇本、拍攝的時間，我們花更多時間在思考這部作品存在的理由。即便只是一點點，我們能夠撼動得了這個社會長年以來根深蒂固的偏見嗎？我們真的虔誠地相信人愛著人這件事嗎？

我有一位十分尊敬的前輩，他曾表示自己是基於電視連續劇可以讓世界變得美麗的信念而寫劇本，這同樣也是我寫電視劇的原因。有些人認為這部電視劇很噁心，我對那些人深感抱歉，但我不後悔寫這部戲，因為這世上任何人都不應該因為和我不同、占少數、被忽略而被指指點點。

假如我有了小孩，我也會這樣教他。

「永遠站在少數的一邊。」

「認可那些與你不一樣的人。」

「不要背棄那些被社會忽略的人。」
「即使你是少數族群、被社會忽略的一份子，也不要感到挫折。」

# 向高齡女士致敬——《海邊的一年》（*A Year by the Sea*）

曾經有一段時期，我連二十四小時都難以獨處；也有一段時期，我期待身邊能有個完美情人，對我無限包容，有著暴風般的激情足以動搖我心深處，以及令人起雞皮疙瘩的興奮之情；同樣的，也曾有一段時期我迫切需要能夠相互扶持的朋友。

我也曾對於自己只是純粹為了維持生計而從事這行，感到羞愧不已，即使此時此刻亦然。我是誰？我身邊的人是誰？我們為什麼是徹底獨立的個體？我們將何去何從？光是這些問題，就讓我日夜尋思，輾轉反側。

也許是因為時機背景恰巧吻合，我與《海邊的一年》作者瓊・安德森（Joan Anderson）著實在不錯的時間點有了一段不錯的邂逅。

在此之前，我從未讀過任何一本高喊女性主義的成功女性自傳，即使說我帶有偏見也沒關係，總之，在我翻開這本書時，的確有一點排斥。因為成功女性的故事往往千篇一律，不外乎先怨嘆出身，再描述受男性迫害的被害意識，接著為自己找個偶像、楷模。但不知為何，這名女士似乎不太一樣。

瓊・安德森在五十歲那年突然宣布和先生分居，回到幼年時居住過的鄉下小木屋，她並沒有懷抱要「遇見自我」、「活出自我人生」的目標，只是純粹想要遠走高飛，能去的地方只有那裡。然而，在那段旅途中，沒想到讓她踏進了人生最重要的瞬間，契機點非常微不足道，就只是為了打發無聊的時光到附近海邊與海狗一同游泳戲水，然後為了修理故障的熱水器而去打工挖蛤蜊。原本是專欄作家的她，剛好在那時失去工作，她為了養活自己，來到一間魚貨店。

「我需要錢，請給我一份工作。（說完這句話後自卑感油然而生，她企圖重新包裝自己而改口說：這只是我個人的想法。）我是一名作家，因為需要一些相關經驗，所以……」

我怎麼會在如此不足為奇的橋段對她深深著迷？假如某天以寫劇本維生的我頓時失去工作機會，必須另謀出路的話，我有辦法和她一樣到魚貨店裡剁魚頭嗎？我沒有把握。從這之後，我就可以不帶任何偏見地閱讀下去了。

在她打包三餐便當、到泥灘裡挖蛤蜊時，沒有帶著一絲感傷，反而只在意若要賺到一千兩百美元的維修費，到底要挖幾籃蛤蜊。我對她深感敬佩，因為她讓我意識到，我其實只是為了餬口而不停寫劇本，卻不斷自我美化，比方說：「是不是要告訴愚昧的觀眾一些人生真諦？」「啊，大家真是一點世道都不懂，真煩！我只好親自出馬了。」這些都是多麼自滿的想法。她也讓我切身體會，對於自己混口飯吃的工作，必須具備最起碼的良心與敬意。

我看著她在四下無人的地方一味地等待子女們到來，又同時發現孩子們早已各自紛飛，生活都不錯，她自己也過得不錯；我看著她單純地賺錢，累了就洗澡，讓我領悟到原來只有單純簡樸的生活，以及在漫長孤單中與自己對話，才是「有意義」的事情。

透過為期一年的單純勞動與義無反顧的獨處，她體悟了非常多，也哭了好長一段時間。即使有些煽情，我的心仍被深深打動。然後我決定要像她一樣老去，等待年老為我帶來的驚喜與智慧。向高齡女士致敬！

我想要安慰你。
如果可以，我想要幫助你。
假如人無法安慰人，
該如何活在這痛苦的世界裡？

——《悲傷誘惑》

# 對於「朋友」的幾種偏見

侄兒、年輕朋友們最常問我的就是友情問題，其實從用詞來看，用「問題」來呈現好像不是很精準。

「我沒朋友。」

「我和朋友關係不佳。」

「我的某某朋友太喜歡吃醋了。」

「我周遭的朋友都太壞了。」

「朋友不理解我。」

「生活非我所想，大家都只想著自己的利益。」

「誰跟他是朋友……沒變成敵人已經要偷笑了。」

「他們只會搞小圈圈。」

每個人都在各自的經驗裡妄下定論，語帶確信地說著。

聽聞這些話時，忙碌的我通常都會敷衍回答：

「所以平時就要對人家好啊。」

「你怎麼對他，他就會怎麼對你。」

「你要是對人家好，怎麼可能沒朋友。」

每當我這樣說，孩子們就會轉過身背對我。都已經內心受傷了，我還對他們說這些風涼話，無疑是在傷口上撒鹽。但我難以察覺，通常都要等過幾天甚至幾年後，才會後知後覺地對於自己當初說的那些話感到懊悔不已，倒不如什麼話也別說。

前天也有一名侄子對我說，他最近和朋友處得不太好。不知為何，聽到那句話的當下，我的腦中反而是先浮現「這孩子應該心裡很難受」，替他感到難過不捨，而非覺得「又是一些雞毛蒜皮的小事」。於是我暗自心想，之後要好好將關於友情的想法梳理一下，分享給他們。現在對他們說這些，他們可能還不能完全理解，我就先整理好、寫下來，等他們心情好轉時，說不定閱讀我的文章多少能獲得一些幫助。要是沒幫助就算了，我也莫可奈何，反正我現在要來梳理了。說真的，小時候我是這樣想的：

朋友很珍貴，
比起自己，應該要先照顧朋友。
視義氣如命．
總是站在朋友那邊，
認為真正的朋友應當不求回報地付出，
當朋友寂寞痛苦時，要一直陪伴在旁……

然而，等我成熟懂事之後，發現並不是這麼回事。

任何人，不只朋友，即便父母或手足也是，
都不能看得比自己更重要，
不論是以性命、財物，或者任何東西作為擔保，
覺得這樣才算講義氣的人，根本稱不上朋友。

總是與朋友站在同一陣線也未必是對的，
總是不求回報地付出也著實辛苦。
人生在世，會遇到許多讓人感到孤單寂寞、痛苦難耐、隻身一人的情況，
儘管如此，依舊能成為朋友的人，才是真正的朋友。

關於是否一定需要朋友，我的觀念也和從前不太一樣。以前會認為，人生絕對需要朋友，如今則認為，即使沒朋友也要照顧好自己，一個人好好過生活。我只是想強調，與其在這世上四處尋求朋友，不如隨時備妥沒朋友時自娛的方法。

另外，我也想告訴各位，這世上所有對「朋友」的定義，都不是針對特定對象，而是對自己的提問，各位務必要知道這件事，非常重要。當你具備這樣的認知，某個瞬間就會發現，即便朋友有些地方做

得不夠周到，你也會認為自己同樣不完美而不會感到失望。同時，也會對於主動向自己搭話的所有人，甚至是你沒對它做過任何付出仍無私提供溫暖的太陽、給予徐徐涼爽的風兒、不論是否有人欣賞仍獨自盛開的野花，都會用無限感恩的心情去看待。到了那時，各位也才會意識到，原來這仍是個值得活著的世界。

母親曾說，
活著，就是一直被人從背後捅刀。
「人生」這傢伙實在讓人難以捉摸，
絕對不會正面出擊，
不只自己，每個人都難逃暗箭，
因此，千萬不要感到委屈。
母親又說，所以沒什麼大不了的事情，
但這是她活了六十好幾的人生才得出的見解，
對於還太年輕的我們來說，都是天大的事情！
可惡。

——《他們的世界》

# 第四部
# 人生不會重來

「電視劇演的是人，身為編劇，理解人是首要之事。」雖然我總是把這句話掛在嘴邊，但實際上我難道不是只能理解自己可理解之事的人，頂多是這種程度而已嗎？假如真是如此，何其偏頗狹隘啊！

# 美麗的想像——若能重「生」，就從未盡的孝道開始

最近因為一些理由，我搬離了首爾，選擇落腳在龍仁。我沒有買下別墅，也沒有蓋建田園住宅，只是因為前陣子剛搬進一間位於鐘路的房子就碰上令人頭痛的問題，不便再在那個地方寫作，於是搬到一名認識的長輩家中，向他借一間空房寄宿。

要是換作其他人，放著自己家不住，跑去寄宿在別人家的一個小

房間裡，一定會覺得十分不便。但早已習慣流浪的我，反而把別人家當自己家一樣，生活得很自在。

一九八六年，我離開猶如故鄉的麻浦——我本來的故鄉是慶尚南道咸陽，但那裡只是父母某天為了探望祖母而前往，卻不慎生下我的地方，並非充滿童年回憶之處。麻浦則是我父母初次買房、我的手足也無人嫁娶、全家人同住在一個屋簷下的唯一處所，保存著我懷念的童年以及熱鬧家族史的真正故鄉——之後，我竟輾轉更換過六、七個住處。

離開麻浦並非我的意思，而是父母的選擇；而離開父母選擇的城南，則是因為母親在那裡過世之後，我久久難以撫平內心傷痛的緣故。

爾後，我又從佛光一洞搬到佛光二洞、三洞，再搬至弘濟洞，然後又四處漂泊，居無定所，主要原因和大部分人相同，都是因為每年上漲的房價不堪負荷，但若要我再舉一個理由，那便是長年養成的流浪病——「這次要住住看哪一區好呢？」所致。

自從年過二十歲，被貼上成人的標籤起，我就開始違逆父母，幾乎每週都借宿在不同人家裡，口袋只要有幾千韓元，就足以在外流浪個四天三夜。我敢斷言，除了流浪漢以外，能像我一樣擁有在外流浪訣竅的人一定十分罕見。

言歸正傳，我最近在龍仁生活，逐漸體悟到一番新的人生真理。

由於是和長輩同住，所以每天早上八點就要起床，至少吃一口飯墊墊胃（我通常都是凌晨三、四點才睡，睡到勉強還算早晨時段的十一點鐘才起床吃午餐），然後開始工作（新籌備的連續劇），八小時後就會將工作陸續收尾，準備下田。這片田園是我目前借住此處的兩位長輩（我稱兩位為父親、母親。隨著年齡漸長，我覺得只要是真心待我的長輩，即便不是親生父母，也應該稱他們為父母才對。）當初在此區徘徊散步時發現的，從一塊閒置的荒地重新開墾而成。

根據傳聞，這塊土地幾年後將重新開發，有大型醫院要進駐，然而，不管怎樣，現在是屬於我認識的這兩位長輩的，也是附近一帶公寓大樓住戶的田園。這裡生長著許多不可思議的農作物，有豆子、玉米、芝麻、紫蘇、羽衣甘藍、蘿蔓萵苣、玉女小番茄、聖女小番茄、辣椒、茼蒿、小蘿蔔、地瓜、馬鈴薯、南瓜、小黃瓜、茄子、野葵和甜菜等。

我在那裡第一次除草、摘果，即便搞得指甲裡都是綠草汁、為昆蟲捐出鮮血，也一直下田忙活，一天都不曾怠惰。除了可以享受和大自然相處的樂趣外，主要是為了探視那些悉心照料田地的長輩，他們都不是為了自己而維護田園，而是為了早已離開他們、各自成家的子女，即便在下著滂沱大雨的雨季也依然堅守那片田地，不斷來回巡視，遲遲不肯離去。

我猜他們的子女一定不可能體會這些長輩的心意與付出的勞苦，恐怕就連百分之一都不會了解。只要不對著未噴灑農藥的有機蔬菜表示：「幹嘛又送我這些，去超市賣場就有一堆新鮮漂亮的蔬果了！」就已經是萬幸。

我也是。假如沒來到這個地方，不，要是在十年前母親還在世時，我必定會像那些長輩的子女一樣，說著同樣的話。然而，如今母親已經去到再也無法回來的地方，父親也已衰老，不知何時會發生什麼意外，而我也已經過了三十歲後半段，邁入四十歲熟齡階段。

我試著想像，要是現在母親在我身邊，父親也身強體健，我每天和他們手牽手往返田地，聊著「番茄長得圓滾滾耶！」「看來媽媽用的雞糞堆肥不錯喔！」「今晚蒸南瓜葉來包飯吃，如何？」「南瓜葉不能摘太多啊，會害南瓜長得不結實。」等諸如此類的話題該有多好，我就別無所求，也沒什麼好哭的了。

寫這篇文章的同時，我又在心中問另一個自己：

「妳真的想重回過去嗎？」

「那倒不是！」

我強烈否認。我喜歡現在，並不想回到過去對父母不孝的那個時期，再也不想看見為了等待猶如浮標般漂泊不定的我而每天倚在路燈下獨自嘆息的母親，那畫面太令我深感罪惡。

不過有個但書，假如美好的想像可以實現，我也能像現在這樣成

熟懂事、用心體會父母在世的珍貴，可以從此時此刻重啟人生的話，
當然……OK，我二話不說高舉雙手喊OK！

# 問候安好

各位身體都健康嗎？
都幸福嗎？
會不會覺得愛得好辛苦？
即使父母和手足壓得你喘不過氣，也依然會擁抱他們吧？
晚上睡得好嗎？能不作夢一覺到天亮嗎？
雨天都沒有哭著看雨吧？
也喜歡晴天嗎？

即便看著落葉和枯木，仍未放棄期待吧？
喜歡剛冒出頭的新芽嗎？
會對於丁香花和洋槐一起花開花落的這個時節感到惆悵嗎？
可曾看過葉花永不相見的「相思花」呢？

真心希望你們不會遭遇不幸，是否如此？
此刻思念的人事物是否都在身邊？
我還好，
你們是否也真的安好？

## 再次感到心痛

她十分憔悴
頸上掛著一張紙條
寫著「一百元賣女兒」
站在熙熙攘攘的市場裡
讓年幼的女兒站在一旁

她是個啞巴

人們看著即將被賣掉的女兒
以及正在賣掉的母性
拋出各種謾罵詛咒
儘管如此
仍低頭注視著地面

她一滴眼淚都沒流
當女兒抱住她的裙襬
痛哭高喊媽媽得了絕症時
仍只有雙唇抖動

她連一句感謝都不會
一名軍人遞出一百元

表示自己買的是母愛
而非她的女兒時
她連忙搶過那一百元就奔往某處

她是個母親
她用賣掉女兒得來的一百元
買了麵包，匆忙地跑回來
為即將離開的女兒塞了一口麵包
「原諒媽媽！」
女人放聲痛哭

——張振成《一百元賣女兒》

今天因為這首詩，
我輾轉難眠，
寫不出連續劇劇本；
哭不出來，
也笑不出來；
就連入口的米粒都難以消化，
度過了難熬的一天。
北韓的貧困早已不是一、兩天的事了，也不是什麼新鮮事，
我將難受的心情歸咎於太過感性，決定還是來好好寫作。
我提醒自己是個編劇，然後坐在電腦前，
但是幾個小時過去，也寫不完一場戲。
假如窮到餓死已經不是昨日、今日的事情，是不是就能漠視不

理？「一天有四千五百人死去，早已不是什麼新鮮事」，如此冷血的念頭盤踞在我內心某處，如此不堪、任性地自動浮現。

所謂感性，指的是用情過度，但是面對人死去一事感到心痛並非用情過度，這是再理所當然不過之事，不是嗎？

我是一名編劇，但是，編劇難道是毫不在乎他人死活，只在意自己能否餬口寫劇本的那種人嗎？

由於我找不到自己提出的問題解答，
只好收起手邊正在寫的連續劇劇本，再次感到心痛。

在這愛情滿溢、談情說愛已煩膩的世界裡，
有人連一頓飯都沒著落；
在這孕育世間生命、陽光燦爛的五月天空下，有人因飢餓而內心憂鬱；
這就和口口聲聲說沒什麼可以分享、
自己能活下去都很困難了，
卻睡在舒服的床上、搭乘汽車的我，沒什麼兩樣。

文字是文字，電視劇是電視劇，生活是生活，言語是言語，
但現實並非如此。
自己國家的人就該由自己國家的政府照顧，關我們什麼事？
自己的孩子就該由自己養育，幹嘛麻煩別人？
要是他們做得好，我們需要這樣嗎？
尋死也是他們的選擇啊。

愈說這些話就愈覺得，

這不該是對一個乞求溫飽的人、
對一名以一百元賣掉女兒的女人、
對一名面對母親哭求原諒仍無法扔掉麵包的女孩，
該說的話。

我想要重回決定寫作的初心，
想要活得像世上所有美好的電視劇一樣。

我的老朋友們，
拜託你們理解，
我內在的嚴苛，
我內在的自私，
我內在的不足，

我的雙重性格。

但是，請不要因為理解就要我停止，

請叫我再往前一步，再次付諸行動，

把對別人說過的話也對自己說一次。

這篇文章寫著寫著，

已從傍晚來到了凌晨，

又從淩晨來到了白天。

願大家都身體安康。

我們，
即便有朝一日關係生變，
還是去愛吧！
帶著這次可能不會生變的期待……

——《比花還美》

# 對女子而言，少年是負擔
## ——《春逝》

我從一開始就覺得，看似還會再長高十公分的少年劉智泰，和已能將愛情玩弄於股掌之間、十分成熟老練的女子李英愛湊成一對情侶，上演一段愛情故事給觀眾看，是一件太過牽強的事情。兩人看起來並不相配，結果真的如我所料，兩人最終在結局分手了，幸好。

雖然現在已經記憶模糊，但在那段為初戀所苦的時期，我和電影裡的尚優簡直如出一轍，一樣不懂幽默、不會察顏觀色、盲目且不知變通。

其中一幕我至今依然記憶猶新，大雪紛飛的那天，我身穿單薄的運動服、赤腳踩著拖鞋，賭氣站在他家窗戶下，冷到全身發抖。當時我深愛的人也像恩素一樣狠毒，明明看到我的雙腳已經凍僵，仍不讓我踏進他的家門，彷彿在說他已經宣告分手，後續的感情收拾就是我的事，不關他的事了。當時面對那樣的情況，我實在太委屈，哭到鼻子都紅了，但如今那段回憶也只會令我一笑置之。

人生在世，隨著自認為絕對不會忘記的場面逐漸淡忘、絕對無法原諒的事情也逐漸可以原諒以後，我們成長為女人或男人。有人稱這樣的成長為成熟，也有人稱之為墮落，然而，我只想稱其為過程。

在我還是乳臭未乾、一天當中希望自己是大人十二次的未成年時期，以為只要經歷一場濃烈的愛情就會蛻變成女人，也以為自己絕對不會遭遇失戀，如今，我已經清楚知道那些心願是不切實際的期待。

人們總是習慣站在自身立場去理解情況，所以過了尚優的年紀，到了恩素的年紀之後，我比起尚優反而更理解恩素。

面對恩素露骨的誘惑：「一起吃碗泡麵吧！」「要睡一覺再走嗎？」沒能聽懂弦外之音，真的純粹去吃泡麵、睡覺的尚優，可能從一開始對於恩素來說就是太過單純而有負擔的男子。對於已經有點歷練的女子來說，單純不是一件受歡迎的事。唯有不知道單純會多麼妨礙愛情的人，才會對單純懷有憧憬。對於相信愛情並非命運或宿命，而是存在於日常延長線上的大多數有經驗者（反覆感受過愛的熱情的人）而言，單純會妨礙井然有序的日常，且容易使愛生鏽變質。

劇中因尚優的單純而妨礙到恩素的日常，使她倍感負擔的情況隨處可見。

恩素還想再多睡一會兒，尚優卻催促她快點起床吃飯；恩素隔天還要去上班，尚優卻在破曉時分從首爾直接衝去江陵，只為了要恩素給他一個擁抱；在正式約見面都未必會答應的情況下，尚優竟喝得爛醉，突然跑去恩素家拍打鐵門大聲吼叫，甚至還嚎啕大哭。看到這裡，即便不是恩素，就連站在旁觀者的立場，也會隱約感到厭煩，彷彿只有他好心痛、好辛苦，年輕男子就是這麼自私。

大多數人可能會認為，恩素沒有選擇尚優是因為考量到現實問題，畢竟尚優薪水微薄，和寡夫老爸及刻薄的姑婆同住在一間窮酸的改建韓屋，還要照顧失智的奶奶，任誰看都會認為是擁有最糟結婚條件的男人。恩素一定也在內心盤算過，或許可以跟這個男人談戀愛，但要論及婚嫁就絕對不適宜。

可是我要對這樣的理由提出反駁。

比起男子的處境，恩素應該是對他的單純更感負擔，因為對於一名早已清楚當愛情變質、倦怠成為日常、接吻也變得無聊、生計成了致命問題的女人而言，把愛視為一切的男人是一種負擔。都到了這把年紀，要是有個和尚優一樣的男人問我：「愛怎麼可能變質？」我也絕對會像恩素一樣選擇逃避。到現在還相信愛永恆不變、認為是人生全部（甚至可以為此辭去工作）的男人，究竟該如何與他一起勇闖這漫長又艱難的人生旅程？從這樣的意義來看，恩素和尚優的離別其實是十分萬幸的事情。

以一個電視劇從業人員的立場來看，如今韓國電影的耀眼成就其實並不令人樂見。因為演員人數本來就已經夠少，還不分你我爭相恐後地轉戰電影大銀幕，假如能靠祈禱解決問題，我甚至不惜雙手合十許願韓國電影沒落。

然而，電影《春逝》無情摧殘了我的祈禱，因為我得出了這樣的結論——電視劇的生存之道並非憑藉電影的殞落，而是要靠電視劇自身不斷發展下去才行。

# 人生只要有愛與幸福，便死而無憾

編寫《沒關係，是愛情啊！》這部電視劇時，最讓我難過的批評是被說是「讓人很不舒服的編劇」。其實這樣的指責從我二十年前寫《世上最美麗的離別》時就聽過，劇中女主角仁熙（羅文姬飾）已經癌症末期，為了接受手術而待在手術室裡，但身為醫生的丈夫鄭哲所做的事情僅有幫她剖開腹部，然後「闔上」而已。儘管妻子抱著馬桶吐血，邊哭邊問：「老公，為什麼是我？」他能做的也只有抱她一下。觀眾覺得這樣的場景很殘忍，而我卻公開辯解：

「這就是我親眼目睹的人生，其實滿幸運的，因為沒什麼期待可以落空。」

如今，我又用這句話做了一次辯解。

這次也是根據我過去看到的真實經驗所寫（我安慰自己，較為誇張的部分是為了電視劇的效果）。像我就有怪異的精神病，我是個絕對不午睡的人，假如寫劇本寫到一半不慎睡著，我會很精準地在十分鐘後發生鬼壓床現象，伴隨心跳不規律、呼吸困難，然後驚醒；另外，幾個月前，我姊也突然罹患焦慮症，朋友們則是罹患憂鬱症、酒精成癮、睡眠障礙、飲食障礙、恐慌症，以及防禦機制所導致的人際關係不適應症、戀母情結、家庭暴力、幼年時期的心理創傷所致的各種人格障礙、失去家人後的分離焦慮、即將退休的男子面臨近似於恐懼的男性更年期憂鬱症、結束身為女性的人生並經歷全新自我定位混淆的女性更年期症候群等。

我的周遭就是這樣，由患者與患者聚集在一起嘰嘰喳喳的世界，這比永遠堅稱自己正常、對方才是瘋子並起衝突的世界更不具危險性，也更豪爽、令人感動、有趣。畢竟知道自己是患者，所以會把接受治療（不一定要去醫院，只要是能夠獲得安慰的地方，不論上山下海、寺廟、住家、教會、學校等都無所謂）視為理所當然。當然，包括我自己和周遭的人有時也會突然發起瘋來，不承認自己的病症，堅稱自己很正常，但我們都心知肚明那只是治癒的過程，不太會對此說三道四。

我在寫《沒關係，是愛情啊！》這部劇的時候，其實是希望可以讓更多人用寬容、自在的眼光去看待自己和他人的傷痛。也許我們真正需要警戒並遠離的對象，不是電視劇裡的精神病患，而是那些總說自己正常的人，以及自認很了解自己和他人的人、說那些受傷的人是弱者的人、每次都想踩著弱者當優勝者的人也不一定。

我寫電視劇已經二十年，每次寫作品時，都是求新求變的創作者，但是永遠寫不出新穎的東西，停在原點。我認為這是理所當然的事情，畢竟人生，就像父母臨終前說的那些話一樣，真的沒什麼特別的。臨終前，母親說的最後一句話是她愛每一位家人，而父親說的最後一句話則是他很幸福，了無遺憾。

假如在迂迴曲折中仍能感受到愛與幸福，那麼，人生結束也無憾。

他們兩老讓我領悟到，埋怨、嫉妒、野心、自卑心、自責、傲慢、傷痛，這些都只是無謂的情感。我原以為，自己比他們學識多、會寫作，也涉獵過哲學和宗教，是一名編劇，應該能比他們悟出更深遠、更不一樣的人生道理，然而熬過一段漫長歲月，自認有為生活咬牙苦撐、認真打拚，卻在五十歲的年紀只體悟到和他們相同程度的人生見解。

人生，只要去愛就好了。

只要感到幸福，就毋須其他目的，也能死而無憾。

寫作過程中，我就和其他所有從業人員一樣，遭遇諸多痛苦與不幸，但最終還是曾經深愛過，終究也有感受到幸福。

此刻因隻身一人而感到孤單寂寞的人啊，
有人正在為你的二十四小時祈禱。
請好好牢記這一點。
其實在任何一刻，
各位都不曾是一個人。

——《沒關係，是愛情啊！》

# 出軌，是對懦弱者的殘酷考驗
## ——《花樣年華》

麗珍（張曼玉飾）在走路，慕雲（梁朝偉飾）從另一個方向走來，緩慢地與麗珍擦身而過。明明應該是一剎那的事情，導演卻刻意讓鏡頭放慢速度，以慢動作來呈現。

不用特別注意，也能看見四周皆慢，鏡頭緩慢、他們的步伐緩慢、周遭空氣也緩慢、故事展開得緩慢。導演一直用慢鏡頭來呈現畫面，強調那些不容錯過的細節，並希望觀眾不要匆促觀看。

慢速畫面有時會給人靜止的感覺，從那一連串的緩慢中，我們只有看見她和他，沒有其他了。狹小房子的結構、裝飾擺設等，統統都想不起來，只有男人與女人或站或坐，抑或是一起行走。

當時，我正處於愛情支配一切的時期，我全身感官觸鬚都朝向他，在那段令人難過的時光裡，即使身處在他不在的空間，也會感覺彷彿受到他的注視一樣，一切舉動都小心翼翼。在他面前流淚的日子，在別人面前也擠不出笑容，只能閉口不語。

而我在觀看王家衛的《花樣年華》時，那份令人難以忍受、痛苦難耐的敏感再度被喚醒，使我不自覺地老是屏住呼吸、口乾舌燥、心痛不已。

在愛情裡，比起信任和眼淚，反而是持續不斷地觀察對方，以及敏銳度，這兩者更早被要求。那份敏銳度與觀察，能使時間變得比實際時間還要更加緩慢且漫長。

王家衛正是點出了這一點。

他就在身後，不要走得太倉促而踉蹌。

麗珍腳踩高跟行走在泥濘路上，也努力控制步伐不要濺起水花。

兩人一前一後行走在狹窄小巷的那段時間，分明只是片刻，全身上下的感官卻將那段時間徹底拉長，儘管慕雲看似低著頭，也一定有默默在注意麗珍的步伐；縱使不發一語，也一定有感受到走在前頭的麗珍內心不安。他們宛如原地踏步般，脫離了現實時間感，在那條巷子裡走了又走，筋疲力盡。就算不發一語，也能從空氣中感受得到；就算沒有表現出來，也能透過他們的心動使一切甦活。

剎那的時間宛如永恆，這樣的經驗在愛情的記憶裡隨處可見，比如說，一通電話講著講著，他突然停下來，這時，就會陷入「難道是我說錯話惹他不開心了？我不是那個意思啊！」這種自我責怪的迷宮裡，感受到那焦慮的幾分幾秒絕對不只剎那。我們之所以會先記得慕雲的吞雲吐霧、麗珍的莞爾、慕雲的白襯衫和油亮的黑髮、麗珍的旗袍和纖細手指等這些個人特色，而不是誰是否愛誰、他有沒有擁抱她等，全都是因為王家衛把焦點放在敏銳度與觀察的緣故；也因為愛情的獨善，一定要透過心愛的對象——他和她——才得以自我確認的緣故。

麗珍和慕雲外出準備返家的那天，兩人在車內說：「說不定會被人看見，我們還是分開走吧。」慕雲沒有異議，先下了車，麗珍則繼續坐在車上，離開現場。然而，車子駛離的那條巷子就連一隻城市裡常見的流浪貓都沒有，藉此體現了愛上有夫之婦、有婦之夫，就必須如此高度警戒，也因此，不斷留意著他人視線的兩人明明不可能關係清白，仍不斷主張自己是清白的。

麗珍：「說不定會被人看見。」

慕雲：「那又如何？反正我們又沒什麼。」

究竟是指哪個部分沒什麼呢？他沒有將她撲倒在床？還是兩人見了面沒有談笑風生、沒有相互撫摸？抑或是撇開不得已的情況，兩人沒有共處一室？即便兩人在同一個房間獨處，也沒有意亂情迷？還是指雙方都對彼此絕口不提愛，或者其他會留存在心中的話語？

他們究竟是指哪個部分沒什麼呢？慕雲獨自留在辦公室裡吞雲吐霧時，我們都知道他是在思念住在隔壁的鄰居麗珍；麗珍煮了芝麻糊端給他的時候，我們也都能看出那不是在同情鄰居男子的舉動，而是想念。既然如此，他們的關係終究並不清白。

撩動心弦、純粹的悸動等，他們仗著這種程度上可原諒的社會規範，想要博取觀眾同情——請原諒我們吧！

觀看電影的期間，我一直很羨慕麗珍的丈夫和慕雲的妻子，因為麗珍和慕雲的煩惱實在太令人心疼。明明沒有人在看他們，為什麼慕雲就是不抱抱麗珍？明明沒有人在聽他們說話，為何不說一句稀鬆平常的「我愛你」？假如像電影的片尾字幕所言，那些都是消逝了的歲月，那麼，至少在每個當下用盡全力向彼此表達愛慕，也不至於會變成傷痛。

王家衛在此處的解讀是有誤的，若真如他在片末題字中所言，那些都是消逝了的歲月、懷念的過去，那麼他們倆會是看起來像抵達任何人都會去到的忘川河。所以也有人將慕雲在吳哥窟對著石洞訴說的祕密解讀為：「忘得了，或者，悲傷總會過去。」假如按照王家衛的片尾字幕來解釋的話的確說得通。

然而，我卻認為慕雲對著石洞訴說的內容，應該不是這種領悟。慕雲特地去到吳哥窟，用手指觸摸石洞，再將嘴巴對著洞口說話，他究竟說了什麼呢？我嘗試推論。

在他去吳哥窟不久前，接到一通似乎是麗珍打來的電話。電話中沒有聽見麗珍的聲音，他卻整個人僵住不動，我猜一定是麗珍打給他的，拜託別說不是。

而麗珍又是如何呢？她光是去到舊家，打開慕雲的房門，就已經淚眼婆娑了不是嗎？表示悲傷並未消逝，依舊存在。所以在我看來，慕雲對著石洞說的話應該是：「不再痛苦，別再遭遇這種痛苦。」諸如此類還沉浸在痛苦之中的話語。

俗話說：「膿瘡要擠出來才會癒合。」即使不看後續，也可想而知麗珍的丈夫和慕雲的妻子一定分手了，因為他們都將猶如膿瘡般的愛情，隱密無恥地徹底擠出來享受。然而，慕雲和麗珍的情況又是如何呢？他們將名為愛情的膿瘡深埋心底，逐漸凝結成瘀血，因此，他們的愛終究不會被遺忘。他們之所以會變成這樣，都是因為社會的規範，因為他們和我們一樣，都是順從社會制度、懦弱的平凡人而已。我們之所以喜歡麗珍和慕雲，也是因為如此。

我試著想像，過了幾年之後，兩人是否還會忍不住熱淚盈眶、主張他們之間沒什麼。我對於強求他們清白的周遭人士和眼光感到厭惡，假如我在他們的身邊，一定會叫他們別再執著於清白，不如乾脆墮落沉淪下去，將這膿瘡般的愛情統統擠出來，才能徹底遺忘，他們才能夠真正遺忘彼此。

王家衛的前作《春光乍洩》起初在韓國被認定為禁播電影，我猶記當時輿論都在討論電影上映的妥當性與不當時，我看到了王家衛對此做出的一段回應。雖然詳細內容已經不太記得了，但大致上是說他有請香港、臺灣、中國演員來擔任主角做出對比，所以嚴格說來，這部電影並非只在講述男同志。

其實不論是男同志的故事，還是國土分裂（這應該是中國立場的發言）者的象徵性對比，我都不在乎，只是純粹被電影劇情吸引，所以走進了電影院。但我很生氣，究竟是誰讓黎耀輝和何寶榮認識的？這是整場電影看下來最使我感到混亂的問題。比起誰代表中國、誰代表香港、誰代表臺灣，這個問題更使我倍感困擾，到底是誰讓他們兩個相遇的？讓他們相遇又相愛，相愛又難分難捨，難分難捨又被無情拒絕。假如愛情不能被人的力量所左右，假如他們的相遇從一開始就不是出自於他們的意願，那麼，彼此相遇相識後所受到的那些苦難，都應該由神來承擔才對。

包括《花樣年華》裡麗珍和慕雲的悲戀也是，我認為不該由他們兩人獨自承擔如此沉重的包袱，神也應該和他們共同承擔。因為把慕雲放在麗珍的眼前駐足停留，讓慕雲和麗珍很久以前還是單身時卻沒遇見彼此，最後又讓兩人相愛，這些統統都是神的安排。

也許，世上所有電影都是在拋出人類難以承受的提問，並呈現尋找解答的過程也不一定。王家衛在《春光乍洩》和《花樣年華》裡，皆以分手做了收尾。莫非是因為難以承受，所以不去面對才是上策？如果是我的話會怎麼做呢？不得而知。只不過，我對於何寶榮在黎耀輝離開後，在狹小的空房裡看著菸盒痛哭的模樣，以及麗珍光是在練習離別、還不是實際分手的情況下就已經像個孩子般痛哭的模樣，都很是不捨。

所以我祈禱，神啊，不要給人類太殘酷的愛情，然後請安慰他們、原諒他們，告訴他們這些疼痛都是出自於祢的失誤。

愛上別人的男人、別人的女人，以及其他不正當的關係，大部分人會對這種只能躲躲藏藏的愛情，用甜蜜、刺激、陶醉等詞語來形容，用「偷來的蘋果比較甜」這種違背倫理道德的悖論來搪塞，而我自己在觀看《花樣年華》前，可能同樣期待看到那種偷腥的刺激也不一定；然而，整部電影看下來，有個地方一直讓我不解——他們都沒有笑容，正因為他們都不笑，所以身為觀眾的我也笑不出來。

如果我沒記錯，整部片只有一次是鏡頭拉到窗外時，拍到麗珍和慕雲露出羞澀的微笑，僅此一次。兩人都抿嘴而笑，表情帶著微微害羞和尷尬。明明兩人注視的對象只有彼此，卻仍放不開、無法開懷大笑、有所顧慮。

這就是所謂的不倫戀，不只在別人面前，就連在對方面前也要不斷抱持著罪惡感，就連一個笑容都像是在玩弄彼此的感情，所以總是小心翼翼，這就是不倫戀。

購買《花樣年華》的電影原聲帶會附贈幾張電影劇照，一名認識的友人恰巧有買，我向他借來看。其中一張緊緊攫住了我的目光，那是麗珍和慕雲激情親吻的畫面，沒有出現在電影中，我猜可能是拍了那場戲卻沒被王家衛放進電影裡。我想起麗珍在那個吻戲裡的表情，她緊閉雙眼，感覺隨時會流下悲傷的眼淚，要是再進一步想像，那個吻之後，她可能會癱坐在地，嚎啕大哭。不倫奪走了愛情的喜悅，而兩人正在承受這樣的代價。

在未被刪減的一幕裡，也出現過兩人徹底為不倫戀付出慘痛代價的場面。練習分手的那天，他們同樣在計程車內，這時，麗珍開口說：

「我今天晚上不想回家。」

這句話分明是心愛的女子決定今晚要在男人懷裡入眠的意思，然而，各位有注意到聽聞這句話的慕雲所露出的眼神嗎？他痛苦蹙眉，茫然呆滯，不發一語。儘管兩人擁吻、將心愛的人擁入懷中，他們也依舊痛苦到開心不起來。畢竟光是碰面就很痛苦了，碰面後所做的一切行為都令他們更感到痛苦。因為不倫而受苦的主角，在《春光乍洩》中也有出現，各位不妨仔細回想看看，除了嘲笑彼此以外，是否有看到主角們因為真心快樂而笑的畫面？

如果要我舉出喜歡王家衛的一個理由，就是這一點。他不會美化不倫戀，反而是凸顯出角色所承受的痛苦煎熬，藉此博取觀眾的同情。假如能同情某人、能大發慈悲，那麼，也絕不是什麼壞事。站在擲石者身旁擁抱被石頭砸中的人，這或許也是身為電影人和編劇必須扮演的角色之一吧！

# 遇見我那稚氣又惹人憐的青春

電視劇《那年冬天風在吹》從企劃階段開始就很令人困擾，使人心煩意亂。我之所以會接受執筆邀請、觀看原劇，純粹是基於對金圭泰導演的禮貌，因為依我們的關係，不論他說什麼我都一定會說「好」。

坦白說，觀賞原劇的期間我從頭到尾都感到很不舒服，應該說，已經有原劇這件事情本身就讓我感到不舒服，對於日本演員演技精湛這件事也有一點微妙的嫉妒心而感到不舒服，還有我感應不到那微妙、陌生的日本情懷，以及「一看就是電視劇」的種種人為設定都使我感到不舒服。看完每集四十分鐘、總共十集的原劇以後，我腦中浮現的念頭是「別接這部戲吧！」。

罹患腦瘤又失明的千金、剛出生就被遺棄的牛郎（在《那年冬天風在吹》裡是賭徒）、崇拜他的牛郎學弟，以及為了錢而放任腦瘤的老女管家。「天啊，這一看就是只有電視劇才會出現的設定，實在太假了！」日常生活中的苦難何其多，為什麼偏要寫如此極端的設定，可能一萬人都未必會有一人發生的故事。我下定決心：不寫！

然而，也許是緣分吧，我時不時會浮現這樣的念頭：

假如世上真有罹患腦瘤又眼睛失明的千金？就算是萬人之一好

了，那我會想對她說什麼？「那又沒什麼，有人可是每天工作二十小時，妳至少還很有錢，不是嗎？少在那邊無病呻吟。」我能對她說這些話嗎？而我要是遇見被父母遺棄、初戀不幸離世的牛郎，「真可笑，只有你很痛苦嗎？一切都只是藉口而已，振作起來好好過日子吧！抱怨個屁！」我又能對他說這些話嗎？真正的混亂就是從這一刻開始。

我對於我的父母、兄弟姊妹、同事、和我生活在同時代的平凡人的辛苦有一定程度的理解，但是對於稍微有點極端的人物便會毫不留情地揮舞大刀。因為誠實，所以不能理解不誠實；因為極度模範，所以無法原諒脫序，就連在我底下長大的侄子們（他們都已經二十多歲）都說我很可怕、難相處，不是嗎？「雖然我不討厭姑姑，您說的也都沒錯，但也因為如此，我們覺得您好難相處。」

「電視劇演的是人，身為編劇，理解人是首要之事。」雖然我總是把這句話掛在嘴邊，但實際上我難道不是只能理解自己可理解之事的人，頂多是這種程度而已嗎？假如真是如此，何其偏頗狹隘啊！我突然覺得原來自己在倚老賣老。只要稍微脫離我的標準（分明是我個人的標準，但偶爾會認為這套標準就是社會普遍現象），我就會連一丁點都無法理解。我捫心自問：

罹患腦瘤的視障者、被父母遺棄且痛失初戀的賭徒，假如我能理解如此極端的角色，會不會更容易理解一般普遍的角色？就如同世事就是如此，我最後決心要寫這部劇，絲毫不在乎是否要超越原劇，用全身心來對他們的處境感同身受才是我的目的。後來在整個寫劇本的期間，比起創造故事內容，我對於和自身價值觀拉扯這件事更感到辛苦。劇情的糾葛要發展到極端才能瀰漫緊張感，但是在尋找其正當性的過程，簡直宛如一場在泥沼裡的大亂鬥。

怎麼不自己死掉就好，幹嘛去覬覦別人的錢財、誘騙使詐呢！就算得了腦瘤也可以心懷希望繼續活下去啊，幹嘛要尋死！這些人怎麼只覺得自己很痛苦，難道都不看新聞嗎？幹嘛都只沉浸在自己的問題裡！既然愛上就愛上了，何必這麼痛苦啦！

接著，就像發現線索般，我找到了自己過往的青春歲月。當時，我的確覺得只有自己最痛苦，儘管母親遇到生計上的困難，我也仍需要和朋友喝酒、躲在房間裡抽根菸的錢，我那時面對所有事情都很極端，所以人生十分戲劇化。離家出走、不斷受死亡誘惑，甚至試圖嘗試、玩弄欺騙愛情，搞得自己受傷、對方也受傷，那是一段傷痕累累的時期，等於自己也活出了一段極端且戲劇化的人生。假如沒有經歷那段時期，不會有今日的我。於是，現在的我和過去的我必須不斷對話，才有辦法在劇本裡寫出一行文字。

在我看來，這部劇的確不像年近五十的編劇所寫，比較像三十歲上下的編劇執筆，既稚氣又熱烈，生硬得不在話下。但我依然不後悔寫這部劇，因為藉此機會，我難得遇見了我那稚氣又惹人憐的青春。

一個人能給予另一個人的，
不是饒恕，而是安慰。

——《那年冬天風在吹》

# 為什麼電視劇一定要有趣？

人們對於身為電視劇編劇的我有諸多不滿，大部分的不滿都是有原因的。「盧熙京寫的電視劇看了令人頭痛、很無聊、不夠大眾化、沒有收視率。」

這些話說的都沒錯，我深有同感，但我為何就是無法聽從他們的話呢？我想是因為我的電視劇理念和他們不同的緣故。

人們常認為電視劇是為了娛樂大眾，要有趣才行，將其視為看過即忘也無所謂的影視作品，當然，這樣也沒什麼不好，但並不是必須如此。

我比較想問的是，除了觀眾以外，就連有些編劇也抱持這樣的想法，究竟是為什麼呢？為什麼電視劇一定要輕輕鬆鬆？有誰敢說這就是電視劇存在的理由？我敢斷言，這是對電視劇的一種偏見。電視劇可以是小眾（光是百分之十的低收視率就等於有四百萬人在收看，這些人能否看作是少數也是個疑問）而非大眾的，可以是沉思而非歡愉的時間，可以是永久而非一次性的。

前不久，一名長輩送了我一本日劇的短篇劇本集。

由於我對日劇有著較深的偏見（只將其視為韓國作品不斷模仿的對象），所以遲遲沒有翻閱。

直到某天，我為了打發閒到發慌的時間而翻開那本書，該如何形容當下的感受呢？簡直就是興奮到有如電流竄遍全身。裡面的內容徹底超出了我們一般所想的電視劇範疇，涵蓋認真嚴肅的哲學，原來他們在流行劇、動作劇、喜劇、情慾劇之間，還納入了哲學（舉例來說，電影《鰻魚》裡提到「色即是空，空即是色」的問題）。

反觀我們韓國呢？儘管不是全部（絕對不是全部），大部分的電視劇都只以流行劇和喜劇為導向，而且還不是以我們的方式自行全新創作，盡是些彷彿從哪裡看來、聽來的內容。

假如將「編劇」這個詞進行拆解，就是「編寫戲劇者」，換言之，是「創作者」的意思，如果不進行創作，就不是編劇。「仿效」別人的故事其實和「剽竊」別人的故事沒有兩樣。因此，偷來的電視劇根本稱不上是電視劇，那就和小偷偷來的贓物是一樣的東西。

我常認為，沒有哪一國的觀眾像韓國的觀眾一樣遭受這般可憐的待遇，因為編劇和電視臺都蔑視他們，這些人會這樣評論觀眾：「大概只有國小高年級到國一、國二的程度；喜歡看喜劇；就算給他們同樣的故事也不會有所察覺的蠢蛋；絕對不能強求他們要有深度；讓他們笑三分鐘，再隨便給他們三分鐘左右的感動就好；許多觀眾都是看劇追夢，所以灰姑娘、小甜甜之類的角色不可少。」

我無法忍受我的手足、朋友、甚至我自己，被他們這般對待。

偶爾我會接到出版社的來電，他們像是在討好我似的，對我說：

「因為我們覺得您應該可以寫小說……」

彷彿小說比電視劇高一等，在他們看來我是屬於小說家的等級一樣。每次遇到這種情形，我都會直接打斷他們，故意稍微提高音量回答：

「我是電視劇編劇，沒有打算寫小說喔！」

啪！（掛斷電話的聲音）

真正的民主主義是能夠承認多元的社會，如果以這樣來看，那韓國的電視臺還沒有落實民主主義，因為昨天、今天我還是被要求寫出和別人一樣有趣的劇本。很抱歉，我謝絕。我只想當一名追求電視劇多元性的編劇，因此，要是能稍微撼動整齊劃一的電視劇結構，就等於盡了我的本分。

然而，這次的原稿想必一定又要挨罵了。挑戰零收視率的編劇？我看說不定會先搞丟飯碗。

十年後重來，在那之後的故事

我讀著前一篇文章，冷汗直流，原來十年前的我竟有如此恐怖的想法，不禁使我口乾舌燥。我擔心這篇文章在網路上到處轉載，要是被我指導過的學生（正確來說是學弟妹才對）看到，會令他們多麼錯亂。在即將準備出書之際，我甚至想要通篇刪除，裝作自己從未說過這些話。

然而，我知道不能這麼做。每個人都有過愚蠢的想法，也會透過歲月流逝或者有了新的體驗而發現原來過去的自己多麼愚蠢。所以，藉此告訴大家「就連我也是如此」才是重點。

現在的我還是不認為電視劇一定要輕輕鬆鬆，但已經稍微改觀，認為輕鬆一點比較好。寫前一篇文章時，我錯將「輕鬆」誤解成「沒有深度」，「輕鬆」的相反詞是「沉重」，「深度」的相反詞則是「膚淺」，而我卻將「輕鬆」的相反詞誤以為是「深度」，把「沉重」和「深度」誤認是同義詞，才會鬧出那樣的笑話。電視劇為什麼一定要有趣這個問題也是，現在的我有著與以往不同的見解：電視劇當然要有趣，不然在這無趣的世界裡，何必又要再寫一部無趣的劇本？

當然，趣味也分很多種，悲傷的趣味、疼痛的趣味、難過的趣味、學習的趣味等。只要是大人，不，就算是青少年也都知道，趣味並非只限於讓人咯咯笑。寫前一篇文章時的我也有同樣的想法，但因為一時太過激動（前一篇文章是在《謊言》剛結束時寫的，當時我自認非常自重，但如今回頭看，雖然教人心痛，但不得不承認，至今為止我從未像當時那樣傲慢過），導致原本要說的話反而沒說到，變成了胡說八道。

關於收到小說出版邀約的部分也是，我不該用以上對下的口吻說話，這對邀稿者很失禮，應該以「感謝邀約，但我還是比較喜歡寫電視劇」來婉拒。何必對一名誠心誠意向我提出邀約的人發脾氣呢？就連我自己都覺得荒謬至極。

然後我也要對於大罵「仿效」即是「剽竊」的部分致歉，我們每個人都會去仿效他人，我努力仿效我的母親，也拚了命地仿效自己尊敬的前輩。

「模仿是創作之母」這句話豈是空穴來風，不能說模仿就一定是壞事，我其實只要針對「模仿與剽竊的差異」去探討即可。模仿是只有仿效外在表面，編劇又增添了新的詮釋；剽竊則是沒有經過編劇詮釋，直接抄襲。

不論是重新詮釋還是剽竊，其實都是編劇自己的事，沒有所謂的好或壞，只是抄襲別人的作品就會被貼上剽竊編劇的標籤，自己能夠承受即可。而且大部分的剽竊編劇都會被剝奪編劇的資格，自己必須甘願接受這樣的後果。

大家至今仍會對我說，要像其他編劇一樣把故事寫得有趣一點，不過如今的我已經不會像以前那樣極力抗拒了，而是以「我會學習」來簡單回答。因為我發現，假如我有什麼長處，就應該帶著那項長處去學習別人的優點，這樣的態度會比執著於自己的理念更珍貴。而這麼做是為了誰？當然是為了我自己。

歲月流逝，回頭重新看自己以前的文章，內心著實五味雜陳，害羞苦澀。有時也會認為當初的自己實在太脆弱，既脆弱又不夠有智慧，日子才會過得那麼辛苦，對當時的自己產生憐憫之心。不過與此同時，我也很喜歡自己逐漸明白，原來人的思想會改變，人會變、心會變、一切都會變。

十年後，我再回頭看這篇文章，又會有什麼感受呢？

真令人期待。

請不要因為害怕，
而做出錯過此刻的愚蠢行為。
近來，是我最幸福的時候，
因為有你。

——《我們真的愛過嗎？》

Literary Forest 178C

# 此刻不愛的人，都有罪

지금 사랑하지 않는 자, 모두 유죄

作　　者　盧熙京 노희경
譯　　者　尹嘉玄

封面設計　張巖
主　　編　詹修蘋
行銷企劃　黃蕾玲、陳彥廷
版權負責　李家騏
副總編輯　梁心愉

發行人：葉美瑤
出版：新經典圖文傳播有限公司
地址：臺北市中正區重慶南路一段五七號十一樓之四
電話：886-2-2331-1830　傳真：886-2-2331-1831
讀者服務信箱：thinkingdomtw@gmail.com
臉書專頁：http://www.facebook.com/thinkingdom/

總經銷：高寶書版集團
地址：臺北市內湖區洲子街八八號三樓
電話：886-2-2799-2788　傳真：886-2-2799-0909
海外總經銷：時報文化出版企業股份有限公司
地址：桃園市龜山區萬壽路二段三五一號
電話：886-2-2306-6842　傳真：886-2-2304-9301

初版一刷　二〇二三年九月二十五日
定價　新台幣三六〇元

版權所有，不得擅自以文字或有聲形式轉載、複製、翻印，違者必究
裝訂錯誤或破損的書，請寄回新經典文化更換。

지금 사랑하지 않는 자, 모두 유죄 (Those who don't love now, all guilty)
Copyright © 2015 by 노희경 (Noh Heekyung, 盧熙京)
All rights reserved.
Complex Chinese Translation Copyright © 2023 by Thinkingdom Media Group, Ltd. Taiwan
Complex Chinese Translation Copyright is arranged with Booklogcompany through Eric Yang Agency.

This book is published with the support of the Literature Translation Institute of Korea (LTI Korea)
Printed in Taiwan

國家圖書館出版品預行編目 (CIP) 資料

此刻不愛的人, 都有罪/盧熙京著 ; 尹嘉玄譯. -- 初版. -- 臺北市 : 新經典圖文傳播有限公司, 2023.09
240面 ; 14.8x21公分. -- (Literary forest ; 178C)
譯自 : 지금 사랑하지 않는 자, 모두 유죄
ISBN 978-626-7061-86-2(平裝)

862.6　　112014276